AMOUR & LIBERTINAGE

PAR LES TRENTENAIRES D'AUJOURD'HUI

NOUVELLES

Nous remercions le Conseil des Arts du Canada de l'aide accordée à notre programme de publication et la SODEC pour son appui financier en vertu du Programme d'aide aux entreprises du livre et de l'édition spécialisée.

Nous reconnaissons l'aide financière du gouvernement du Canada par l'entremise du Fonds du livre du Canada (FLC) pour nos activités d'édition.

Gouvernement du Québec – Programme de crédits d'impôt pour l'édition de livres – Gestion SODEC

Amour et libertinage, par les trentenaires d'aujourd'hui
a été publié sous la direction de Claudia Larochelle et Elsa Pépin.

Design graphique : Élise Cropsal
Illustration de la couverture : Lino
Révision : Fleur Neesham
Correction : Pierre-Yves Villeneuve

© 2011 Les Éditions Les 400 coups
Montréal (Québec) Canada

Dépôt légal – 1er trimestre 2011
Bibliothèque et Archives nationales du Québec
Bibliothèque et Archives Canada

ISBN 978-2-89540-515-3

Catalogage avant publication de Bibliothèque et Archives nationales du Québec et Bibliothèque et Archives Canada

Vedette principale au titre :

Amour & libertinage : par les trentenaires d'aujourd'hui

ISBN 978-2-89540-515-3

1. Histoires d'amour québécoises. 2. Libertinage - Romans, nouvelles, etc. 3. Nouvelles québécoises. 4. Roman québécois - 21ᵉ siècle. I. Pépin, Elsa, 1978- . II. Larochelle, Claudia, 1978- . III. Cadieux, Sophie, 1977- . IV. Titre : Amour et libertinage.

PS8323.A4A46 2011   C843'.01083543   C2011-940407-9

PS9323.A4A46 2011

SOUS LA DIRECTION DE
CLAUDIA LAROCHELLE ET ELSA PÉPIN

AMOUR &
LIBERTINAGE
PAR LES TRENTENAIRES D'AUJOURD'HUI

Sophie Cadieux, Maxime Catellier, Guillaume Corbeil, India Desjardins,
Jean-Simon Desrochers, Stéphane Dompierre, Émilie Dubreuil, Alain
Farah, Rafaële Germain, Claudia Larochelle, Tristan Malavoy-Racine,
Véronique Marcotte, Elsa Pépin, Matthieu Simard et Tassia Trifiatis

Les 400 coups

— TABLE DES MATIÈRES —

De toutes les époques, l'amour a commandé ses règles.
Après les Libertins des XVIIe et XVIIIe siècles qui ont inventé
un art de séduire affranchi du joug de la morale et la génération *Peace and love* des années 1960 qui a fait du désir le roi
absolu dans les échanges amoureux, les relations issues de
l'ère du capitalisme se sont mises à imiter les lois du marché,
et les êtres, à singer les consommateurs. Aujourd'hui, les
jeunes adultes peuvent accumuler les expériences de vie à
deux avant de fonder une famille, de vivre ensemble ou de
se marier, mais aussi après, car mariage et concubinage se
vivent désormais à répétition. Or l'addition des amours ne
se comptabilise pas comme le pécule, et le vertige qui prend
d'assaut l'amoureux de ce présent millénaire mondialisé à
qui la planète s'offre en infinie corne d'abondance, par le
biais notamment des technologies actuelles, a des répercus-
sions sur les liens sentimentaux.

C'est à force d'entendre des histoires tantôt comiques,
tantôt tragiques ou pathétiques de conquêtes répétées, de
rencontres improbables, d'espoirs déçus, mais aussi de
Romantiques rescapés de l'histoire, que nous avons senti
qu'un nouveau libertinage se dessinait. Des questions ont
alors surgi autour des nouvelles lois amoureuses qui nous

gouvernent. De quoi est fait notre idéal amoureux, s'il existe ? Sommes-nous condamnés à errer dans une course folle où l'amour est devenu un produit de consommation ? Allons-nous épuiser les ressources de la liberté amoureuse comme nous avons épuisé les ressources naturelles de notre planète ? Une nouvelle mythologie amoureuse s'esquisserait-elle à travers les expériences de nos contemporains ?

Pour répondre à ces questions et porter la discussion au-delà de l'éternel débat entre la défense d'un modèle traditionnel et celle d'une réinvention totale de l'amour, toutes deux réductrices, nous avons interrogé l'imaginaire de notre génération née dans les années 70. Tant d'auteurs ont parlé de l'amoureux de leur époque, nous souhaitions aussi cerner le nôtre à travers la fiction. Nous avons donc invité une quinzaine d'auteurs dans la trentaine à nous raconter une histoire sur l'amour au XXIe siècle. L'enthousiasme avec lequel ils ont répondu à l'appel nous laisse penser que le sujet fascine et inspire.

De l'histoire burlesque, tragique, au conte poétique, en passant par l'essai philosophique ou la fable romantique, les fictions qui composent ce recueil abordent la problématique de la consommation amoureuse et s'interrogent sur la difficile conciliation d'une liberté individuelle avec la vie à deux. Certains cherchent des maîtres à penser l'amour et trouvent d'étranges conseillers. Il est aussi question de foi et de croyance amoureuse, de clans opposant célibataires et couples, de mentorat amoureux, de monogamie moderne, de nouvelles victimes de l'amour tragique et d'une relecture fort déconcertante du mythe d'Œdipe. Peut-être vous y reconnaîtrez-vous ?

Si ce livre se veut un instantané de l'amoureux et de l'amoureuse de notre siècle, il est aussi un document anthropologique sur l'amour visité par des hommes et des femmes qui ont vu le jour entre 1970 et 1980. Lucides et passionnés, ils donnent naissance à des personnages assoiffés de sens et de sentiment dans une société sans Dieu, mais peut-être pas tout à fait sans foi.

À vos amours !

Elsa Pépin et Claudia Larochelle
Décembre 2010

JE
VOUS
AIME
TOUS

Quand on se tue, c'est pour infliger sa mort aux autres.
Il est très rare de voir des suicides élégants.
Françoise Sagan

Quand tu es face à moi et quand tu me regardes,
que peux-tu savoir du chagrin qui est en moi,
que puis-je savoir du tien ?
Kafka

C'est dans le train Montréal-Toronto que je les ai vus. Ils occupaient les sièges à ma gauche. Elle buvait beaucoup. De l'alcool fort. Lui la regardait en souriant, ou en lui caressant le visage. C'était l'après-midi du 10 juillet, arrivée sur Montréal prévue à 14 h 15. Deux semaines plus tard, je les ai revus. Cette fois-ci sur la première page du journal. Le 10 juillet en soirée, dans sa baignoire, c'est elle qu'on a retrouvée morte, infusée d'alcool, de cocaïne et de médicaments. Sept jours plus tard, on a retrouvé ses vêtements à lui sur une plage, avec un petit mot glissé sous le soulier droit. À ce moment-là, je ne connaissais pas encore le contenu de cette note. Mais lui, il s'était laissé porter vers le large. On a retrouvé son corps cinq jours après, gonflé et défiguré par l'eau polluée du fleuve.

« Je vous aime tous », avait-elle écrit sur un bout de papier rose laissé près de la baignoire. Il n'a pas supporté. Un suicide par amour. Ça me grisait.

Dès que j'ai vu ce jeune couple, je me suis lovée au creux de leur mort comme si j'étais moi-même disparue. Leur voix transparente, leur corps de verre, leurs mots d'amour sont devenus des éléments de ma propre vie. Au début, Marco ne portait aucune attention à cette paralysie, il me trouvait plus taciturne, davantage repliée sur moi-même peut-être, mais il ne posait pas de question. Il continuait à s'occuper de nos plantes vertes désormais trop nombreuses, il nourrissait le chien tous les matins, il se rendait au boulot pour revenir le soir, sans jamais remarquer que la position initiale prise le matin était toujours la même, que je demeurais assise sur notre fauteuil jaune, mon carnet de notes à la main gauche, l'opacité d'une histoire dans l'autre. Il déposait la nouvelle plante dans un coin ensoleillé ou non de l'appartement, m'expliquait comment m'en occuper, me parlait d'elle un peu : « C'est un *Begonia Erythrophylla*. Tu sais, Adèle, ma chérie, il existe plus de 1500 espèces de bégonias. Celui-ci produit des grappes de fleurs rose tendre presque toute l'année. Facile à cultiver et à reproduire, et il n'a pas besoin de beaucoup de lumière. Par contre, si tu veux le voir fleurir, faudrait ...». Marco parlait, je marmonnais quelques «oui, oui» qui fusaient timidement dans l'air pour satisfaire mon amoureux enthousiaste qui ensuite partait dans la cuisine préparer le repas du soir. Devant mon assiette et mon verre de vin, il demandait systématiquement, toujours au même moment, ce que j'avais fait dans la journée.

«Tu as bien travaillé? Sur quoi tu bosses ces jours-ci?

— Je suis dans les dernières corrections du scénario de la télésérie.

— Et tu termines quand?

— Je ne sais pas. Je ne suis pas pressée. La date de tombée est prévue pour le mois prochain.

— C'est bien. Ça te donne le temps de préparer autre chose, peut-être?

— Non. J'en ai pas envie. Je préfère me reposer.

— Ça ne va pas, Adèle?

— Oui, oui. Je vais bien. Juste un peu plus fatiguée.

— J'avais remarqué une petite rougeur, justement.

— Une rougeur?

— Oui, une rougeur sous les yeux.

— Ah. Bon.»

Marco remarquait des choses bizarres, pendant que les événements les plus évidents passaient inaperçus. Il était comme ça, Marco. Pour lui, toutes choses avaient une place, prenaient un espace précis, et si ces choses ou les événements changeaient, Marco mettait du temps à se faire à cette nouvelle image.

Vie et mort étaient penchés en avant et il ne voyait rien.

Chaque soir, nous nous retrouvions à table, devant un repas copieux, jamais le même, préparé avec passion par

Marco qui adorait cuisiner. Nous buvions notre bouteille de vin, prenions le thé, rangions la vaisselle dans la machine à laver et allions nous asseoir au salon, bercés par le son roulant de l'eau qui effaçait les traces d'un délicieux repas sur notre vaisselle. Marco écoutait parfois des documentaires à la télé, moi je lisais ou prenais des notes pour mes projets. Vers 22 h, nous gagnions notre chambre, faisions l'amour, puis nous nous endormions comme ça, moi le nez dans son dos, lui la main posée sur ma hanche.

Il ne faut pas croire que notre vie était ennuyante. Nous étions bien tous les deux. Mais tranquillement, cette histoire du jeune couple prenait de plus en plus de place, et bientôt elle allait devenir une sorte d'entité installée au sein de notre propre couple.

Je me suis mise à ne plus dormir. Marco remarquait ce manque, mais il ne posait pas trop de questions, ou s'il le faisait, il s'arrangeait pour être certain qu'il n'y ait rien de vraiment grave. De mon côté, je jouais le jeu et répondais évasivement, mais assez clairement pour qu'il ne s'inquiète pas.

«Tu n'as pas de problème, toujours?

— Des problèmes? Quel genre de problèmes?

— Je ne sais pas. Des problèmes.

— Tu sais bien que si j'avais des problèmes tu serais le premier dans la confidence.

— Tu me fais confiance à ce point?

— Mais bien sûr, voyons.

— Est-ce que je peux faire quelque chose pour ton insomnie?

— Tu peux me faire l'amour encore.

— D'accord», disait-il en m'embrassant.

Mais je passais la plupart de mes nuits à lire les articles

qui sortaient par dizaine sur Internet. Le couple James et Tara devenait le sujet mis en avant-plan par plusieurs journalistes, blogueurs ou simples obsédés comme moi. La différence entre eux et moi, c'est que je les avais vus le jour de leur mort. Car même s'il ne l'était pas physiquement, James est tout de même mort ce jour-là du 10 juillet lorsqu'il a trouvé le corps de son amoureuse dans la baignoire de son appartement.

« Un dimanche matin brumeux en juillet, un pêcheur amateur découvre quelque chose dans l'eau du fleuve qui se révèle rapidement être un corps. Le pêcheur appelle la police et le cadavre – nu, gonflé – est ramené sur la terre ferme. Il ne porte aucune cicatrice ou tatouage, aucun signe de violence. Tout ce qui pourrait être dit de ce corps est que c'est un homme blanc aux cheveux bruns. »

Les avoir vus comme ça, par hasard, partageant le même train que moi, m'indiquait que j'avais assurément quelque chose à y voir, à y comprendre.

Moi, je crois que Tara et James sont morts tous les deux bien avant leur vraie mort. Paraît qu'ils vivaient un quotidien glamour inhérent à leur métier d'artiste. Paraît que Tara avait développé un sentiment très profond de paranoïa suite au refus de son nouveau jeu vidéo et qu'elle emportait James avec elle dans ce délire, dans cette nouvelle façon de refuser la réalité. Ensemble, ils s'étaient mis à organiser des fêtes immenses, où tous les invités devaient, à l'entrée, signer une convention de confidentialité afin que tout ce qui se produisait dans ces fêtes ne soit pas divulgué à la presse ou au monde extérieur. La vie de Tara et James s'arrêtait dans leur lieu, sans plus rien autour. Ils s'étaient repliés sur eux-mêmes et ne sortaient plus. Ces fêtes-là étaient leur seul moyen de voir un peu de leurs semblables. Paraît que ces soirées étaient mémorables, mais j'ai lu qu'elles étaient aussi violentes et tragiques. Tara était alcoolique. Tous les deux, ils aimaient la cocaïne. Dans les longues notes personnelles publiées sur son blogue, Tara écrivait qu'avec la cocaïne, il n'existait que le présent. Elle disait que le passé et le futur disparaissaient, emportant avec eux l'espoir et les souvenirs. Elle écrivait aussi que tout était exacerbé. Même le sexe.

La nuit, pendant que Marco dormait dans notre chambre, je m'étendais sur notre fauteuil jaune et je pensais à la violence des ébats entre Tara et James. Je tentais de m'imaginer l'effet de la cocaïne sur leurs échanges amoureux. Je plongeais ma main sous ma culotte humide et j'effleurais longtemps la fêlure de mon sexe. Je tournais mon doigt sur mon clitoris jusqu'à ce que la peau de mon index devienne racornie par la moiteur de mon sexe. J'imaginais James derrière Tara et je me faisais jouir en me souvenant de ce texte-là, que Tara avait lancé sur son blog et qui, sur le coup, m'avait tant choqué par ses termes crus et emportés de vérité :

Dans la chambre, tu as baissé mon jean et le tien. Déjà, ton érection tenait la route d'une nuit de forcenés, et je me souciais du miracle qui allait te faire jouir à travers ces inhabitudes. J'ai posé mes mains sur la commode, et mes yeux ont analysé un à un les objets s'y trouvant : pièces de monnaie françaises, cubaines et canadiennes, carte magnétisée ouvrant la chambre d'un hôtel, sac translucide contenant de la marijuana, billets de vingt dollars roulés, bijoux artisanaux, images découpées dans un magazine et autres photos.

C'est en tournant mon regard vers un coin vide de notre commode que j'ai senti que j'ouvrais mon espace à ton sexe.

Tu m'as pénétrée d'un grand coup de silence pendant que l'écho du nous parvenait comme la chaleur qui monte au plafond. Tu as joui en peu de temps, et j'ai remonté mon jean en riant comme une enfant qui vient de commettre un mauvais coup. J'aimais faire l'amour avec toi, et peu m'importait la manière dont nous nous y prenions, ou le temps que nous y mettions.

Je jouissais en silence pour ne pas réveiller Marco et déjà, au moment de ma petite mort, pendant que je coinçais ma main entre mes cuisses et que je me mordais les lèvres, je regrettais de m'être laissée aller si vite, espérant que les histoires de ce couple allaient faire monter encore un désir qui me permettrait de recommencer.

De reprendre le cours de cette jouissance qui me faisait oublier le reste.

* * *

Le couple vivait dans une ancienne église qu'ils avaient transformée en loft.

Nous habitons un loft construit dans une ancienne église. C'est « notre église ». Chaque matin, nous nous réveillons dans cette pièce de deux mille pieds carrés dans laquelle l'air file d'un espace à l'autre sans obstacle. Notre chambre est située sur la mezzanine, et au-dessus de notre lit, il y a un puits de lumière qui nous permet de voir les étoiles les nuits où nous ne dormons pas.

Les étoiles, ça réconforte un peu. Surtout quand il ne reste plus rien de notre ciel.

Ils s'étaient liés d'amitié avec le prêtre qui avait fermé l'église et la leur avait vendue. Ce prêtre-là, qui était avec James quand il a trouvé le corps de Tara, dira plus tard que «Tara mentait sur tout». De mon côté, j'ai trouvé dans mes recherches sur la cocaïne que cette drogue amène son consommateur au mensonge. Je ne sais pas pourquoi, mais à partir de là, j'ai voulu tester, m'immerger complètement dans la vie de cette femme et goûter à ce quotidien qu'elle inhalait avec tant de difficulté. Je voulais connaître cette mystification, ce côté obscur de la fuite et de moi-même.

J'ai voulu voir ce lieu qui était devenu leur espace culte. Là où vivaient Tara et James. Là où lui peignait et elle écrivait ses scénarios de jeux vidéo. Là où ils organisaient ces fêtes, où ils faisaient l'amour, où ils s'engueulaient, où ils comptaient les jours et parfois les heures après douze ans de vie commune.

«Après le suicide de Tara D. dans son loft de la rue Saint-Urbain construit dans l'ancienne église Saint-Césaire, les autorités ont décidé de ne pas remettre en vente le bâtiment. Celui-ci restera fermé jusqu'à ce que la ville décide du sort qui lui sera réservé. Le prêtre Marc Deschênes, ami du couple et dernier prêtre à avoir pratiqué dans cette église, n'a pas voulu commenter la nouvelle.»

Mon ordinateur, mon carnet de notes, mon enregistreuse et mon imaginaire étaient devenus un refuge. Marco me regardait de loin, continuait de cuisiner des repas que je mangeais désormais en silence, emmurée dans l'amour éternel de Tara et James. Quand Marco me posait des questions, je mentais en disant que j'avais trouvé un nouveau sujet de téléséries et que je planchais sur des recherches afin de remettre le projet rapidement aux producteurs intéressés.

Son regard dubitatif ne m'inquiétait pas. Marco avait le talent de se poser des questions à lui-même et de ne pas y répondre, certain d'acheter la paix par l'ignorance.

«Ça fait longtemps que je t'ai vue aussi prise par ton boulot, ma chérie... mais j'imagine que c'est une bonne nouvelle», concluait-il rapidement pour ne pas entendre ma réponse.

Marco était d'une naïveté sans borne. Élément de sa personnalité qui m'avait séduite lorsque je l'avais rencontré. Plus tard, les raisons pour lesquelles j'étais tombée amoureuse allaient plutôt me tomber sur les nerfs. Mais le sexe était bon, le quotidien était doucereux et Marco était la partie rassurante de ma vie. Il organisait les vacances, faisait le sapin le Noël, répartissait les sorties pour que tous nos amis nous voient une fois par mois et il acceptait qui j'étais, sans compromis. Il riait de mes crises de panique, me berçait durant mon syndrome prémenstruel, me prenait par la main quand j'avais peur du jour qui s'annonçait et m'encourageait à rester à la maison afin de créer. Il aimait être avec la femme et l'artiste que j'étais et il en assumait toutes les conséquences.

«Tara D. est alcoolique. Son projet de film a échoué, chose qu'elle prend très personnellement. Elle se met à porter des lunettes en interview, croyant que les cadres de studio la prennent pour une blonde idiote. Finalement, elle commence à croire qu'elle est la victime d'une campagne de diffamation. James, très dépendant de Tara, la soutient immédiatement et inconditionnellement...»

Le soir, je me couchais près de Marco et lorsque j'entendais son souffle prendre une cadence régulière, je me levais et retournais à mon ordinateur. Il ne devait pas se rendre compte de mes absences, car il se réveillait en me demandant si j'avais bien dormi, si j'avais prévu une grosse journée, ce que je voulais manger à son retour du bureau.

Puis, un matin, Marco s'est levé et m'a trouvée endormie dans notre fauteuil jaune. Quand je me suis réveillée à mon tour, il avait laissé une note sur laquelle il m'avertissait que ce soir-là, il rentrerait tard, retenu par un souper d'affaires avec ses patrons.

Je suis restée devant l'ordinateur toute la journée, à huis-clos avec Tara et James. Parfois, je leur parlais à voix haute. Parfois, je fixais l'extérieur de notre appartement en espérant les revoir par un hasard aussi emporté que celui avec lequel je les avais «rencontrés».

«Je vais rejoindre Tara, mon amour», avait écrit James au dos d'une carte d'affaires laissée sur la plage, dissimulée sous son soulier droit.

Découvrir enfin ce qu'il y avait d'inscrit sur cette note avait été un des meilleurs moments de ma recherche. J'avais l'impression d'être la seule dans la confidence. Plus le temps avançait, plus je découvrais des informations relatives au suicide des amoureux, plus j'avais envie de me reproduire à travers eux.

Pourtant, j'ai l'impression que tu as été le seul à prendre mon sexe. Tu l'a poussé dans ta gorge, tu l'as bu sans le transformer, tu l'as buriné nuit après nuit, tu l'as dépecé comme un petit animal à manger pour la survie, tu l'as farfouillé de tes doigts curieux et de ce qui te tombait sous la main, comme pour l'explorer, au même titre qu'un enfant l'aurait fait avec le sous-bois d'une terre.

Ce soir-là, Marco ne rentrerait pas avant 23 h. Mais ce soir-là, j'avais envie de m'octroyer la nuit entière. Je savais précisément ce que je voulais faire.

Nous nous sommes quittés des centaines de fois. Toujours, c'était la même mise en scène : j'étais violente, tu étais la victime. Chacun de notre côté, nous jouions le jeu. Chaque fois, nous réinventions la barbarie jusqu'à nous surprendre. Et comme nous n'étions plus étonnés de rien, nous parvenions à des lieux impossibles, que les lendemains imprimaient sur notre route comme une manière de regretter. Inévitablement. Il n'y avait plus de différence entre la nuit et le jour, nos guerres étaient intemporelles et n'avaient que la douleur comme fortune. Nous étions autant interloqués par ces situations que stimulés par elles. Nous ne savions plus nous arrêter.

Mais je revenais. Ou tu revenais. Nous avions tous les deux notre manière de labourer à nouveau notre terre et nos saisons. Moi, je te manipulais par mon indifférence, et toi, tu usais le mot « coupable » jusqu'à ce que j'ouvre la porte déjà égratignée par ta volonté.

À 20 h, je suis sortie. Avant de partir, j'ai transfiguré la petite fille que j'étais : j'ai desserré le nœud dans mes cheveux et j'ai troqué ma robe et mes souliers sans talon contre un jean, une camisole, des bottes longues et un manteau de cuir. Enfin, je suis passée au guichet où j'ai retiré un important montant d'argent qui n'allait pas servir à payer les comptes ou à faire les courses.

Du coup, j'ai envie de champagne. Du coup, il devient impossible de se suicider sans champagne.

Je regarde l'heure sur la petite horloge au cadran rouge posée sur la maquilleuse. Ou c'est peut-être l'heure qui me regarde : elle me pénètre pore par pore. C'est elle qui attend que les bulles de lavande s'évaporent de la baignoire pour que mon corps découvert lui indique ce qu'il se passe réellement. L'heure attend de signer ma mort. Et elle ne le fera que lorsqu'elle pourra me regarder toute entière.

Je me suis encore arrêtée en chemin pour faire provision de bouteilles de vin et de vodka que j'ai enfouies dans mon grand sac à main. En entrant dans un bar où j'allais souvent avant de rencontrer Marco, j'ai soupiré de soulagement en voyant que rien n'avait changé. Quelques vieilles connaissances s'étaient regroupées autour d'une table au fond du bar, tout près du revendeur de drogues et des machines à poker.

Je les ai rejointes et je me suis fait accueillir comme si je n'avais jamais quitté cet endroit pour adhérer à une vie diurne alignée comme une plantation d'épinettes. Ensemble, après avoir pris les nouvelles génériques de chacun, nous avons bu des gin tonics et j'ai pu me procurer plusieurs grammes de cocaïne. L'heure avançait rapidement et je devais couper quelques scènes de mon scénario.

« Sophie, c'est ça ? ai-je demandé à une fille près de moi qui avait le casting tout approprié à la demande que je me préparais à lui faire.

— Oui, c'est ça. Toi, c'est Adèle ?

— Oui. Enchantée, ai-je poursuivi en lui serrant la main dans le creux de laquelle j'ai déposé deux petits sacs translucides.

— J'en ai jamais fait... Peux-tu me montrer comment ? »

Sophie a hésité un instant, mais l'appel de la drogue était trop strident pour y résister. Nous nous sommes rendues dans les toilettes où l'on s'est enfermées dans la même cabine. Sur le distributeur à papier, Sophie a tracé deux grandes lignes blanches et m'a tendu une paille.

«J'ai l'intention de terminer la soirée dans une maison abandonnée près d'ici. Si tu veux, j'ai tout ce qu'il faut pour inviter tous ceux qui sont avec nous.

— D'accord, a répondu Sophie, je m'occupe de faire l'invitation.»

Avant de quitter la cabine, j'ai répondu à l'impulsion d'embrasser Sophie. Long baiser sur des lèvres féminines, lèvres humides et tendres. Sophie a accepté ce baiser en glissant sa main sous ma camisole, prenant mon sein gauche entre ses doigts expérimentés. Pendant un moment, j'ai cru que le sexe d'une femme devenait une petite fin du monde.

À peine quelques minutes après avoir sifflé ma première ligne blanche, je me suis sentie infaillible. Les serrures de la porte de l'église ne seraient qu'un infime obstacle à ma volonté de faire revivre Tara et James.

Connaissant le contenu de mes poches et de mon sac, personne n'a posé de question et tous ont suivi. Nous étions une dizaine en route vers l'église. Mon cœur ne savait plus s'il se contractait dans ma poitrine à cause de l'excitation ou à cause de la drogue. Je tremblais, je transpirais, mon ventre brûlait. J'étais dans un état de bonheur absolu, une euphorie que je ne m'expliquerais jamais, et surtout, que je ne revivrais jamais.

De retour dans l'église, je te cherche. J'oublie que je rentre pour me suicider.

Je sors les coupes à champagne. Elles sont sur la plus haute tablette d'une armoire, dans la cuisine. De la poussière recouvre les pieds, rappelant que ça fait longtemps que la fête est finie. J'en sors deux et te sers un verre.

Il restera là jusqu'à ce que tu découvres mon corps.

Quand la porte s'est enfin ouverte, je me suis rendu compte que je venais d'ouvrir le lieu culte de Tara et James. Je pénétrais dans leur odeur, directement dans l'âme de leur couple, le creux douillet de leur sexe ouvert.

Je ne pouvais tout simplement pas le croire.

Alors que les autres marchaient à tâtons, n'étant plus certains de vouloir investir cet endroit anonyme, j'avançais dans le loft comme sur une ligne verte, certaine que de toute manière je ne pouvais plus reculer.

Tout était tel que je l'avais imaginé. Les toiles de James ornaient encore les murs. Le salon était intact, comme si la famille n'avait pas encore décidé quoi faire avec les biens contenus dans l'église. Le foyer était éteint, mais je me suis empressée de le faire revivre et d'en faire notre principale source d'éclairage. Pendant que les autres s'installaient par terre, près du feu, je montais tranquillement vers l'alcôve amoureuse de Tara et James. La mezzanine. Leur chambre.

C'est là, après m'être assise sur leur lit, que j'ai perdu le nord. Je ne sais plus qui est monté me rejoindre. Je ne sais pas qui a tracé la dernière ligne que j'ai respirée. J'avais l'impression que James était là, qu'il me déshabillait, qu'il me labourait. J'ai pensé à Françoise Sagan et j'ai dit, dans l'air suave de la mezzanine : «Je n'ai jamais bu pour oublier la vie, mais pour l'accélérer». Et en prononçant ces paroles, j'ai cru entendre la voix de Tara qui citait Sagan avec des mots écrits pour elle.

Toute la nuit, nous avons parlé et fait l'amour. Encore une fois, notre voix dépassait la limite de vitesse permise. Nus sur notre large lit, nous nous coupions la parole sans cligner des yeux. Nous faisions à peine silence quand tu me pénétrais, ou que tu posais ta bouche entre mes cuisses. Je sentais ton souffle sur mon sexe quand tu interrompais tes secousses pour terminer ton histoire.

· Dehors, c'était l'hiver. Le fleuve ne gelait jamais tout à fait, mais la fumée sortant des bouches d'aération indiquait une température très froide. Là, dans notre tour, nous explorions une sorte d'exil, tandis que le temps n'avait plus d'importance.

Je me suis réveillée dans un taxi. La voix du chauffeur m'ordonnait de lui donner mon adresse. On m'avait expulsée de l'église. L'homme qui était monté me rejoindre sur la mezzanine était maintenant à côté de la voiture et vérifiait que j'étais bien réveillée et que je donnais les bonnes directions au chauffeur avant de refermer la porte sur ce que j'avais mis des jours à préparer, des mois à connaître. J'ai eu l'impression d'être abandonnée, jetée aux ordures par ce couple auquel j'avais accordé tant d'importance depuis des semaines, des mois.

Tara et James me délogeaient. On m'avait fermé les portes de l'église. Le taxi me ramenait à une vie que je ne voulais plus, et j'ouvrirais une porte sur un quotidien qu'à compter de maintenant j'avais l'intention de refuser.

* * *

En entrant dans notre appartement, à Marco et à moi, mon corps embrumé donnait lieu à un véritable combat entre sang et cocaïne. Ma démarche était fragile, et si je n'avais pas été si intoxiquée, j'aurais fait mes valises sur le champ et je serais partie comme ça, dans le début du jour.

Dans le salon, sur le fauteuil jaune, l'ombre de Marco dormait. Il m'avait probablement attendu, mort d'inquiétude.

Mais je m'en foutais.

J'ai ouvert une lumière. Je voulais le réveiller, une bonne fois pour toutes.

Mais Marco dormait toujours. Malgré la lumière ouverte qui chargeait ses yeux... ouverts.

À gauche de son corps inerte, une note :

« Quand tu es face à moi et quand tu me regardes, que peux-tu savoir du chagrin qui est en moi, que puis-je savoir du tien ? »

CINQ PERSONNAGES SUR UN BALCON, AVANT LA PLUIE

Je vois d'abord la terrasse de l'appartement où ils sont tous réunis. C'est un endroit clair et beau, bien aménagé, assez grand pour accueillir une vingtaine de personnes, mais ils ne sont que cinq.

Il y a un couple qui me semble très amoureux – elle a dans la vingtaine, peut-être tout juste trente ans; il a l'air un peu plus vieux qu'elle, mais je pourrais me tromper. Un grand garçon un peu dégingandé se tient comme eux contre la rambarde. Je dis garçon, mais c'est plutôt un homme. Il doit avoir plus ou moins le même âge que l'amoureux, mais il y a quelque chose dans son allure qui me rappelle l'instabilité de l'adolescence. Deux jeunes femmes sont debout devant eux, une grande blonde d'une beauté saisissante et une petite rousse qui a un rire contagieux et une robe de la couleur de ses cheveux.

Ils fument – tous. C'est un détail qui me frappe, parce que de moins en moins de gens fument, et eux aussi remarquent cette rare occurrence. La grande blonde souligne que c'est toujours la même chose dans les partys, que ce sont les fumeurs qui se retrouvent sur les balcons. «Les gens les plus cool», ajoute le vieil adolescent. «C'est pour ça qu'au bout d'un certain temps, *tout le monde* finit sur les balcons.» Ils rient ensemble, et me semblent du coup se rapprocher imperceptiblement.

Au début, ils se parlent peu, ou plutôt, ils ne se mêlent pas. Les deux amoureux se murmurent des mots que je devine doux et que les autres n'entendent pas. La grande blonde raconte à la petite rousse, qui est visiblement sa grande amie, une histoire cocasse et remplie de rebondissements. Le grand adolescent les écoute sans les regarder, en buvant à même une cannette de Pabst Blue Ribbon.

L'histoire de la grande blonde prend rapidement des proportions épiques. C'est une bonne conteuse, et bientôt les deux amoureux ne peuvent s'empêcher de l'écouter eux aussi. Je crois deviner que c'est ce qu'elle veut : c'est une personne qui visiblement aime être le centre de l'attention, et qui doit souvent y parvenir. Elle a d'ailleurs remarqué que son auditoire s'est élargi et a légèrement altéré sa posture en conséquence. Elle s'adresse maintenant autant au couple et au grand adolescent qu'à son amie et les détails de son histoire se font de plus en plus savoureux.

«Non mais sérieusement, dans une certaine mesure, c'est fascinant. Je veux dire : on parle quand même pas d'un con, on parle même d'un gars éduqué, un gars qui a de la conversation, un gars qui est capable de comprendre une joke dans *Urbania*... on pouvait se permettre d'espérer. Mais bon, appelez ça du pessimisme ou de la lucidité, mais je me disais : le moment va venir où il sera plus sur ses gardes pis il va révéler sa vraie nature pis ça va être une catastrophe. Pis je m'en voulais de penser comme ça, je veux dire : trente-deux ans, c'est quand même un peu jeune pour être déjà une vieille personne cynique, mais bon, est-ce que j'avais raison ? J'avais raison. Ç'a pas pris deux mois que c'était évident : c'était un *control freak* de ligue majeure. La bonne nouvelle, c'est que maintenant je peux ajouter *control freak* à ma liste. J'avais déjà un maniaco, un mégalo, un pervers, un menteur compulsif, un alcolo... Non, vraiment, je commence à avoir une collection de plaies sociales assez enviables, je pense.»

Elle se tait un moment, fière de son effet. Les deux amoureux se regardent en souriant. Je crois qu'ils sont amusés par la verve de la grande blonde, mais je les soupçonne aussi d'être en train de partager un beau moment de *schadenfreude*. Ce mot allemand, signifiant «joie provoquée par le malheur d'autrui», me semble tout à fait approprié ici. La grande blonde a raconté son histoire avec humour et aplomb, elle semble tout sauf défaite ou peinée ou résignée, mais elle a vécu avec l'homme qui rit des blagues d'*Urbania* (et visiblement pas qu'avec lui) une aventure décevante, et le couple amoureux ne peut que se réjouir, secrètement et égoïstement, de ne plus avoir à s'exposer aux aléas des premières rencontres.

La grande blonde ne voit pas leur sourire, trop occupée à se servir un autre verre de rosé, et je me dis que c'est une bonne chose : on devine facilement qu'elle est orgueilleuse et que l'image radieuse et forte qu'elle projette est importante pour elle. Ce n'est pas pour rien si son débit ressemble à celui d'un humoriste : elle est en train de faire un petit spectacle, elle se met en scène, et si plusieurs personnes n'y voient que du feu, le grand adolescent, lui, semble avoir senti qu'au moins une partie de sa désinvolture est factice puisqu'il dit, en s'ouvrant une autre bière : « C'est pas facile, hein ? »

C'est une toute petite phrase, mais elle crée sur le balcon une légère commotion, presque imperceptible, mais pourtant bien réelle. Je ne suis pas étonnée : le grand adolescent vient de dire ce que beaucoup de gens de la génération à laquelle ils appartiennent n'aiment pas entendre. Avouer ses doutes et parler ouvertement de son désarroi n'a pas la cote auprès d'eux et je sens qu'ils aimeraient tous rester à l'abri derrière la certitude que l'image qu'ils projettent est une version d'eux-mêmes juste un peu plus confiante, juste un peu plus heureuse.

Pourtant, seule la petite rousse a réagi. Elle a froncé imperceptiblement les sourcils – aussi, je ne suis pas surprise quand elle demande au grand adolescent : « Pourquoi tu dis ça ? »

« Je dis ça parce que c'est vrai », répond celui-ci, avec un laconisme et un haussement d'épaule qui me confortent dans l'image d'adolescent que je me fais de lui. « C'est vrai que c'est *tough*, c'est tout.

— Tu trouves ? demande la petite rousse.

— C'est vraiment pas si pire, dit l'homme amoureux.

— Moi, je trouve que t'as totalement raison, dit son amoureuse.

— Ah *come on*, dit la grande blonde. On va pas tomber dans le cliché des trentenaires qui rushent dans leurs vies amoureuses, quand même ? »

L'éternel adolescent souligne avec justesse que ce n'est pas lui qui a lancé le débat, ce à quoi la grande blonde réplique qu'elle n'avait nullement l'intention de lancer un débat, qu'elle racontait simplement une histoire à son amie. Ils auraient pu en rester là, ou même se disputer stérilement quant à la paternité de cet embryon de conversation, mais la petite rousse, décidément opiniâtre et visiblement troublée par ce sujet, répète : « Tu trouves ? »

« Mais oui, je trouve », dit le grand adolescent en s'allumant une autre cigarette. Il se dérobe alors à cette première impression que j'avais de lui et se met à s'exprimer avec une lucidité et une profondeur de pensée qui me font voir l'homme derrière l'adolescent dégingandé. Son discours s'adresse d'abord, plus ou moins directement, à la grande blonde. Il explique qu'il a souvent été confronté à des femmes comme elle. Je le trouve audacieux, et un peu présomptueux, de parler déjà de femmes « comme elle ». Après tout, il ne la connaît pas, et son appréciation est basée sur une petite histoire amusante qui selon moi tient plus de la mise en scène que de la confession. Mais il s'explique :

« Je te dis ça parce que ça m'est arrivé plus d'une fois de me retrouver avec une fille super brillante, drôle pis articulée, mais qui avait, je sais pas pourquoi exactement, le même *bug* que moi quand venait le temps de s'engager, dans la mesure où le problème, objectivement, c'est pas les autres, c'est moi. Je me suis longtemps fait accroire que c'était les autres, mais c'est moi. Pis je suis sûr que tu le sais aussi dans le fond. Je suis sûr que quelque part tu sais bien que si tu te retrouves toujours avec des gars qui ont pas d'allure, c'est parce que t'as pas le *guts* ou pas le goût de te trouver, à l'âge que t'as, pis avec la vision du monde que t'as, avec la personne parfaite pour toi, celle qui te donnera pas envie d'aller voir ailleurs, celle qui t'offrira pas sur un plateau d'argent une excuse pour câlisser ton camp.»

Il y a sur le balcon un silence lourd et chargé. Je crois que tout le monde s'attend à ce que la grande blonde explose, mais elle reste calme. Elle fixe l'ex-adolescent qui dit : «Je me permets de te dire ça parce que je suis exactement pareil. Je passe ma vie à dire que je collectionne les folles.» Cette fois, la grande blonde sourit. «Moi aussi, ajoute-t-il, j'ai rodé mon numéro.»

Si son ton me paraît un peu condescendant, je trouve le propos de l'ex-adolescent pertinent, à défaut d'être particulièrement original. Lui et la grande blonde ne sont pas les seuls à agir ainsi, et ce n'est pas pour rien si ce type de comportement est devenu un cliché à la limite de la caricature.

Mais personne n'aime avoir l'air d'une caricature, et malgré son sourire, je sens que la grande blonde est un peu vexée, ce qui me fait croire que l'ex-adolescent a vu juste. Plus tard dans la soirée, alors qu'elle aura beaucoup trop bu, elle s'épanchera auprès d'une pure inconnue au sujet de son désarroi et de sa solitude, dont l'effet de l'alcool lui fera exagérer démesurément l'ampleur. Ses souvenirs seront vagues le lendemain matin, mais elle se fustigera toute la journée durant d'avoir montré ainsi ce qu'elle perçoit comme étant une disgracieuse faiblesse, un humiliant échec, et elle espèrera ardemment ne plus jamais recroiser cette inconnue qui aura pourtant accueilli ses confessions avec beaucoup de délicatesse.

Mais pour le moment, encore relativement sobre, elle s'apprête à répondre à l'ex-adolescent, quand l'amoureuse intervient. Elle avait dit plus tôt être d'accord avec lui, mais elle semble maintenant avoir une objection. «Je comprends ce que tu dis», commence-t-elle sur un ton doux et diplomatique qui me fait croire qu'elle doit travailler avec des enfants. «Mais j'ai peur que ça soit un peu réducteur. Moi, je trouve ça *tough* parce que c'est *tough*, un point c'est tout. Je pense pas que ça soit à cause des autres, comme tu dis, mais je pense pas que c'est à cause de toi non plus. Je pense que c'est *tough* parce qu'il y a pas une quantité industrielle d'amour dans le monde. Faut être à la bonne place, au bon moment, en face de la bonne personne, avec la bonne ouverture... ça prend beaucoup de bons facteurs pour que ça marche.

— Vous vous êtes rencontrés comment? demande la petite rousse.

— Sur un site de rencontres.»

L'ex-adolescent et la grande blonde éclatent en même temps et leurs deux propos s'entremêlent et se confondent. Le couple d'amoureux est soudain devenu pour eux une cible, à tel point que je me demande s'ils n'attendaient pas qu'une occasion pour attaquer ces représentants de l'autre «bord». Je leur prête peut-être des intentions qu'ils n'ont pas, mais ils me semblent avoir cette conviction, fort commune, qu'il y a chez les gens de leur âge deux «bords»: celui des célibataires et celui de ceux qui ne le sont plus. Ils ne sont pas les seuls, et sans doute que comme plusieurs autres ils entretiennent avec «leur» bord une relation complexe et difficile: ils voudraient bien l'aimer inconditionnellement, mais il leur arrive parfois d'en être las, peut-être même d'en avoir un peu honte. Aussi le défendent-ils avec une âpreté et une passion que je trouve un peu touchante, et grandement légitime.

Au bout de quelques secondes, réalisant sans doute qu'ils ne se font pas entendre, l'ex-adolescent et la grande blonde finissent par parler distinctement. Mais ils partagent encore la même opinion : une union scellée sous les auspices d'un site de rencontres est à la limite de la validité. « Non mais sérieusement, dit la grande blonde, je veux pas être bête, mais tu peux pas nous dire qu'il faut être à la bonne place au bon moment avec la bonne câlisse d'ouverture si t'as payé douze et quatre-vingt-dix-neuf par mois pour l'être ! C'est plus de la *luck*, c'est de l'*engineering t!* »

Le couple d'amoureux les écoute avec une patience qui m'étonne un peu. Puis je me souviens qu'ils ont devant eux l'immense bouclier de l'amour réciproque, sur lequel le cynisme et le mépris ne peuvent que rebondir pitoyablement.

« Mais je suis totalement d'accord avec toi », dit l'amoureuse, pendant que son amoureux lève tendrement les yeux au ciel – ils ont dû se disputer bêtement et gentiment à ce sujet. « C'est de l'*engineering*. Et moi j'ai eu recours à l'*engineering* parce que, justement, c'est *tough*. J'ai 29 ans, OK ? Et c'est ma première relation saine. Sans blague. J'ai eu deux grandes relations dans ma vie, et elles m'ont beaucoup appris. Sur les autres, mais surtout sur moi. Pas toujours des choses que j'avais envie de savoir. Mais c'était pas des relations saines. C'était compliqué, c'était fucké, il y avait de la manipulation pis toute sorte de marde... À un moment donné, je me suis tannée pis je me suis dit : OK. C'est *tough*, c'est trop *tough*, pis j'en peux plus de me casser la gueule. Y'a une invention moderne qui existe juste pour me donner un coup de main. *Why not ?* Ç'a pas pris deux mois. Pis ça va faire deux ans qu'on est ensemble. »

Il y a quelque chose de presque insolant dans le calme et l'aplomb de l'amoureuse, comme une arrogance bien involontaire qui transparaîtrait derrière la simplicité de ses explications. Les autres le sentent, mais ne disent rien pour le moment : je ne voudrais pas parler pour l'ex-adolescent et la grande blonde, mais je crois qu'ils ont peur d'avoir l'air amers ou tristement pessimistes en s'insurgeant contre la logique bien terre à terre de l'amoureuse. Car si le cynisme est à la mode, le découragement, lui, ne l'est pas : les cyniques regardent l'amour de haut, ils friment, mais ils entretiennent une façade de dignité et de libre-arbitre qu'on ne retrouve plus chez ceux qui ne sont que découragés. Ces deux personnes, qui correspondent parfaitement à l'idée qu'on se fait de gens « branchés », doivent le savoir bien mieux que moi.

C'est l'amoureux qui prend finalement la parole. Il commence par avouer avec une candeur sympathique qu'il se considère comme un « imbécile heureux ». Il s'explique en disant qu'il n'a jamais été déçu par l'amour et qu'il a toujours eu la grâce de traduire ses échecs en leçons. Ce ne sont pas ses mots, ce sont les miens. Les siens sont un peu maladroits, mais visiblement très sincères. Aussi, je le crois tout de suite quand il raconte qu'il a d'abord eu un peu de difficulté avec la défiance qu'entretenait celle qui allait devenir sa compagne face à l'amour.

« Je sais pas, dit-il. J'ai toujours pensé que je me marierais, pis que je ferais des flos... J'ai fait pas mal de niaiseries dans ma vingtaine, j'ai eu du fun, pis là, quand j'ai eu trente-cinq ans, je me suis dit : *Fuck that*, c'est fini le niaisage. Je savais que j'allais pas faire ma vie avec une fille que j'avais rencontrée en faisant des shooters de Jamieson dans un bar. Pis je travaille à mon compte, ça fait que j'avais pas vraiment d'occasions de rencontrer du monde. C'est mon cousin qui m'a parlé du site Cyber-rencontres pis... je sais pas... ça faisait du sens.»

La petite rousse, dont les sourcils clairs sont restés froncés depuis le début de la discussion, répète après lui: «Ça faisait du sens», sur un ton tellement incrédule que l'ex-adolescent ne peut s'empêcher de pouffer de rire. L'amoureux sourit lui aussi. «Excuse, dit-il. C'est un anglicisme, hein?» L'ex-adolescent re-pouffe, mais cette fois j'entends dans son rire quelque chose d'un peu méprisant, d'un peu condescendant envers la candeur de l'amoureux.

«Elle se fout des anglicismes», dit la grande blonde en se versant déjà un autre verre de rosé. «Là, elle angoisse parce que t'as pas parlé de romantisme ou de coup de foudre ou de longue marche sur la plage.» Elle pointe son verre en direction de la petite rousse et explique au groupe: «C'est une éternelle romantique.»

Cette fois, l'ex-adolescent et le couple d'amoureux semblent avoir trouvé un terrain d'entente. Ils réagissent tous les trois à l'explication de la grande blonde en faisant des «ahhh...» qui signifient clairement qu'ils comprennent maintenant très bien la réaction de la petite rousse. J'entends de légères variations dans leurs «ahhh...»: celui de l'amoureuse est attendri alors que celui de son amoureux est plutôt amusé, sans pour autant être moqueur, contrairement à celui de l'ex-adolescent qui me semble être volontairement empreint de jugement.

«Ben oui, dit la petite rousse, sur un ton exaspéré qu'elle n'essaie pas de dissimuler. Ben oui, je suis romantique. Je suis même très romantique à part de ça. Prince charmant, coup de foudre, sexe sur une plage déserte, french devant un feu d'artifice, mariage, bébé, toute. Pis je fais pas juste rêver à ça, j'y crois. Ça m'intéresse pas d'avoir l'air blasé. Je trouve pas ça *cute*, je trouve pas ça intéressant. J'ai trente-et-un ans, je suis célibataire depuis deux ans pis, honnêtement, je trouve ça *fucking dull* et j'ai pas pantoute envie de faire semblant de trouver ça fabuleux. Moi, j'attends l'amour. Pis je l'espère en tabarnak.»

C'est l'amoureux qui réagit le premier à la tirade de la petite rousse. Il lève sa bouteille de bière et dit : « *Well, I'll drink to that.*» Son amoureuse tend à son tour son verre de vin vers la petite rousse en disant : «Moi aussi. Même si j'ai rencontré mon chum sur Cyber-rencontres.» Elle lui fait un clin d'œil complice dans lequel je ne vois pas trace de rancune. La grande blonde lève caricaturalement les yeux au ciel et pousse un long soupir, mais elle sourit et lève son verre. Elle ne peut s'empêcher de faire du théâtre, mais je crois qu'elle ne saurait pas comment dire autrement à son amie qu'elle la trouve touchante, ni comment trinquer avec elle sans perdre la face.

Ils regardent maintenant l'ex-adolescent, qui tient encore sa cannette de bière juste devant lui. Il semble gêné, et l'adolescent que j'avais d'abord vu en lui refait surface. «*Come on...*, dit-il, sérieux ?» L'idée de porter un toast avec des inconnus, suite à une déclaration aussi vibrante de sincérité et de candeur, l'intimide visiblement, et il m'est soudainement un peu plus sympathique. La petite rousse lève son verre devant ceux des autres. L'ex-adolescent les regarde, hausse les épaule et, avec le sourire timide et maladroit d'un garçon de treize ans, vient frapper doucement sa canette de bière contre la bouteille et les verres devant lui.

Au même moment, quelques grosses gouttes de pluie se mettent à tomber. Ceux d'entre eux qui fumaient encore écrasent leurs mégots de cigarettes, et ils rentrent dans l'appartement à la queue leu leu. Juste avant qu'elles ne disparaissent, je surprends un regard entre la grande blonde et la petite rousse et je vois bien qu'elles se demandent si l'ex-adolescent endosse le moindrement le prétexte de ce toast.

Je me pose la question, moi aussi, et comme elles sans doute, j'espère ardemment que oui.

L'INVENTION
DE PAUL

Ils s'étaient rencontrés à quelques minutes d'ici, alors qu'ils attendaient tous les deux au coin de la rue pour traverser. Paul avait rendez-vous chez le dentiste vingt minutes plus tard, Jeanne se baladait, le nez en l'air, indolente. Elle avait les mains encombrées d'un pot de tulipes, et quand son téléphone s'était mis à sonner, elle s'était tournée vers Paul pour lui demander de prendre son appareil dans son sac à main, puis de le tenir à son oreille, le temps de l'appel – elle attendait un coup de fil important, c'était peut-être ça.

Paul n'avait pas l'habitude de ce genre d'extravagance. Toute sa vie il avait agi avec prudence : il ne pratiquait aucun sport de peur de se blesser, il avait abandonné son rêve d'étudier les arts craignant de ne pas avoir de beurre à mettre sur son pain, comme le disait son père, et il était attiré par les filles certaines de vouloir s'engager à long terme, prêtes à concevoir un enfant et disposant d'une mise de fond pour l'achat d'une maison, pour ne pas se retrouver un jour avec le cœur brisé. À Noël et à Pâques, quand Paul invitait quelqu'un à dîner chez ses parents, sa mère ne manquait pas de raconter que, tout petit, il jouait dans le carré de sable avec un linge humide pour se laver les mains chaque fois qu'il se les salissait. Son premier réflexe, quand Jeanne s'était adressée à lui, avait donc été de faire semblant qu'il ne l'avait pas entendue. Oui, c'est ça, de garder les yeux fixés sur le feu de circulation en face de lui, dans l'espoir que rapidement le pictogramme en forme de main orange laisse place à celui en forme de petit piéton blanc, pour vite fuir cette étrange situation.

Jeanne avait haussé la voix et répété sa demande, son ton avait donné à Paul l'impression qu'on lui avait lancé un ordre. Il s'était empressé de plonger la main dans le fond du sac à main de Jeanne et, en évitant son regard, avait entrepris de tâter avec méthode tous les objets sur lesquels il tombait. Dès l'instant où il avait la certitude que la forme et la texture de ce qu'il palpait n'étaient pas celles d'un téléphone cellulaire, il le repoussait. Il voulait d'abord s'acquitter de sa mission le plus rapidement possible, mais aussi éviter de rencontrer un objet de la vie intime de cette inconnue, des sous-vêtements, une serviette sanitaire ou... quoi encore ? Paul rougissait à cette idée. Mieux valait penser à tout le reste comme à des non-cellulaires.

La sonnerie s'était arrêtée et, en même temps, tout le corps de Paul s'était immobilisé. En regardant par terre et en tremblant, il avait prié Jeanne de l'excuser, c'était sa faute – s'il n'avait pas hésité, aussi... Jeanne avait éclaté de rire. S'il voulait se racheter, il pourrait l'inviter à boire un verre. Paul avait tendance à tout prendre au premier degré. Il avait une dette envers elle, c'est vrai. Tant pis, il irait une autre fois chez le dentiste.

C'est comme ça qu'ils s'étaient rencontrés, ça ne pouvait être autrement. Assis à une terrasse non loin de là, ils avaient discuté tout l'après-midi. En fait, c'était surtout elle qui parlait. Sa vie semblait peuplée d'êtres fantastiques et remplie d'événements extraordinaires, des feux de camp sur la montagne, des nuits dans des usines désaffectées, des voyages en train sur des coups de tête… Paul l'écoutait, fasciné, et il préférait se taire plutôt que de l'embêter avec des anecdotes qui, il le savait, tomberaient à plat. Que pourrait-il lui raconter de toute façon ? La fois où, distrait, il avait payé deux fois le même compte d'électricité ? Le jour où il était arrivé en retard au travail parce que, absorbé par un Tintin dans l'autobus, il avait manqué son arrêt ? Que faisait-elle avec lui ? Sans doute finirait-elle son verre, puis partirait. Il ne lui en voudrait pas. S'il avait eu le choix, lui-même aurait préféré passer la soirée en compagnie de quelqu'un d'autre que lui.

Jeanne avait commandé une tournée de scotch et, en prenant un air solennel, avait levé son verre à la santé du président de la République tchèque. Paul la regardait sans trop comprendre, Jeanne avait insisté – c'était un politicien exceptionnel, vraiment, il méritait qu'on l'honore ici ce soir. Deux autres verres, qu'elle avait proposé de boire cette fois-ci à la santé du président de l'Uruguay, puis encore deux autres, maintenant à celle du président de l'Azerbaïdjan. Paul n'avait jamais pris de scotch, la tête lui tournait. Mais après avoir bu à la santé du premier ministre de l'Australie, puis à celles du président de la Polynésie française et de la Serbie, il avait éclaté de rire. Et il en avait rajouté, en insistant pour qu'ils boivent aussi à la santé du ministre de l'Intérieur égyptien.

« Pourquoi le ministre de l'Intérieur ?

— Il accomplit un travail colossal.

— C'est vrai. Deux autres verres ! »

Bientôt Paul s'était surpris en train de parler et de parler... Jeanne l'écoutait, le sourire aux lèvres. Pour la première fois de la soirée, il avait soutenu son regard. Elle avait des yeux noirs et profonds, légèrement en amande.

Autour d'eux les couleurs s'assombrissaient. Le soleil se couchait, la température se refroidissait. Et bientôt, ils avaient dû quitter. À la sortie du bar, Paul avait rougi quand il avait offert à Jeanne de la raccompagner. Il croyait agir avec audace, mais elle lui avait avoué qu'elle aurait été fâchée s'il ne l'avait pas fait.

Ils ne s'étaient pas rendus chez elle en prenant le chemin le plus court : Jeanne aimait zigzaguer dans la ville en passant par les petites rues et les ruelles. Elle ne s'y connaissait pas en architecture, mais elle appréciait les détails de certains bâtiments. Souvent, elle s'arrêtait pour faire remarquer la corniche de celui-ci, l'ornement en pierre de la porte de celui-là, la bizarrerie de la cour de cet autre, juste là – il fallait grimper la clôture pour voir : il y avait un bain sur pattes entouré de totems africains, la propriétaire s'y baignait peut-être nue ?

Paul habitait non loin de là, pourtant il n'avait jamais rien remarqué de tout ça. Pendant que Jeanne émettait des hypothèses sur l'évolution de la façade de cet autre édifice, il la regardait avec fascination – la moitié de son visage était plongé dans l'obscurité, l'autre, éclairé par les lampadaires – et il devait lutter pour ne pas l'interrompre et lui dire comme ça, de but en blanc, qu'il croyait être amoureux d'elle.

Ils avaient bifurqué vers la 3e avenue et Jeanne avait poussé un rire bruyant au moment où ils passaient devant chez moi. Comme si elle avait voulu me signifier sa présence. Pour que j'aille à ma fenêtre et la voie, là, en compagnie d'un autre homme. Je l'ai tout de suite détesté, mais son air naïf, je dois l'avouer, m'attendrissait. Je connaissais bien Jeanne, j'étais convaincu que son indolence voilait une certaine forme de cruauté envers les hommes. En voyant celui avec qui elle marchait ce soir-là, j'ai su qu'elle n'en ferait qu'une bouchée, et c'est sans doute par empathie que je l'ai appelé Paul, mon deuxième prénom. Ça, et parce que j'avais besoin d'un nom à crier en donnant des coups de poing dans mon oreiller.

Arrivés devant chez elle, ils se sont regardés un long moment en silence. Elle souriait de façon coquine, un air en apparence sincère, mais qu'elle avait sans doute savamment travaillé devant le miroir, qui révélait une certaine innocence et qui invitait en même temps à la pervertir. Est-ce qu'elle l'a embrassé ? Non, elle lui a souhaité une bonne nuit et elle est rentrée.

Aussitôt la porte refermée, Paul est parti en courant. Jusqu'à ce qu'il arrive chez lui, le souffle court et en sueur, son pas rapide rythmant sa pensée, il allait se demander comment il aurait dû agir, s'il aurait dû lui confier qu'il avait passé une soirée merveilleuse, la complimenter sur sa robe, la tirer vers lui et l'embrasser, s'inviter à monter pour un dernier verre, déboutonner sa robe et l'entraîner sur le divan... Il s'imaginerait des dizaines de scènes possibles et plusieurs variantes à chacun de ces scénarios, et il s'efforcerait de tous les faire mal finir, pour se convaincre qu'il avait fait ce qu'il fallait, oui, qu'il avait pris la bonne décision en lui souriant bêtement et en ne disant rien du tout, quel imbécile, quel lâche, vraiment, à quoi avait-il pensé, est-ce que pour une fois il n'aurait pas pu prendre un risque? Au moins, il lui avait laissé son numéro de téléphone. La semaine suivante, à chaque minute qui passait, Paul vérifiait sur son afficheur s'il n'avait pas manqué un appel. Il ne prenait plus le métro de peur que Jeanne l'appelle alors qu'il serait sous terre; au cinéma et au théâtre, il laissait son téléphone en mode vibration et s'assoyait près de la sortie, pour vite sortir de la salle et répondre si elle devait l'appeler. Le soir, incapable de s'endormir, il repensait au moment où il lui avait laissé son numéro. En se remémorant la scène, il se voyait en train de lui donner celui de sa mère, son numéro d'assurance sociale ou son code d'employé, d'énumérer une suite de chiffres sans queue ni tête... Au beau milieu de la nuit, il devait courir à la salle de bains, s'agenouiller devant la toilette et vomir. Dans le jet grumeleux et jaunâtre qui lui sortait de la bouche, il voyait un flux de chiffres et d'indicatifs régionaux.

Un après-midi, la bouche grande ouverte alors que le Dr Hubert grattait l'arrière de ses molaires, la sonnerie de son téléphone s'est fait entendre. Sur son afficheur, un numéro qu'il ne connaissait pas.

«Oui, allô?»

C'était Jeanne. Elle voulait savoir si ça lui dirait d'aller boire un verre au courant de la semaine. Pourquoi pas maintenant? Non, là elle ne pouvait pas: elle avait déjà quelque chose de prévu, une autre fois peut-être. Elle a raccroché en disant qu'elle devait y aller, elle était pressée, à bientôt. Paul est resté immobile un long instant, son téléphone à l'oreille, le petit miroir du dentiste qui pendait au coin de sa bouche. C'était Jeanne qui l'avait appelé, pourtant il avait l'impression de l'avoir dérangée. Au moins, elle lui avait donné signe de vie et au moins... Paul a sursauté, son téléphone a failli lui échapper des mains et voler quelques mètres plus loin : oui, au moins il avait maintenant son numéro ! Comme si son téléphone risquait de l'oublier, il s'est dépêché de l'enregistrer dans sa liste de contacts. Mais ses mains tremblaient tellement qu'il n'est pas arrivé à écrire son nom au complet – il n'a inscrit que « J ». Plus tard, quand il se serait calmé, il ajouterait « eanne ».

Le dentiste lui a demandé s'il pouvait continuer son nettoyage. Non, il n'avait plus envie qu'on lui joue dans la bouche avec de petits instruments, tout ça lui paraissait maintenant ridicule. Il a remercié le Dr Hubert et il est rentré – Jeanne avait téléphoné, Jeanne avait téléphoné !

Paul a rappelé Jeanne le lendemain, le surlendemain, le lendemain du surlendemain, le surlendemain du surlendemain. Elle répondait à ses questions de façon évasive, elle semblait distraite. Parfois, au milieu de leur conversation, elle échangeait quelques répliques avec une autre personne. Il l'entendait rire au bout du fil, puis elle revenait à lui pour s'excuser, vraiment elle n'avait pas le temps, en ce moment, de discuter au téléphone. Après avoir raccroché, il se disait qu'il ne la rappellerait pas avant quelques jours. Mais tous les matins, il était incapable de résister à l'envie de composer son numéro.

Un jour, pour se venger de son attitude, il l'a effacée de sa liste de contacts. Il l'a maudite, traitée de tous les noms, puis il a téléphoné au dentiste. Il n'osait pas le formuler tellement cela lui paraissait absurde, mais au fond de lui-même, il voulait croire à l'existence d'un lien secret entre le bureau du Dr Hubert et la volonté de Jeanne de le voir. Il a parlé à la secrétaire avec un ton intime et chuchoté, semblable à celui de la prière ou de l'incantation, et en prononçant les mots *nettoyage* et *examen*, il invoquait Jeanne de l'appeler. Il n'a même pas noté la date et l'heure de son rendez-vous. Il a raccroché, déposé l'appareil sur sa table de salon et, en ne le quittant pas des yeux, il a attendu. À peine une minute s'était écoulée quand il a entendu la sonnerie de son téléphone. Avant de répondre, il a jeté un coup d'œil à son afficheur pour confirmer ce qu'il savait déjà : un numéro inconnu qui ne lui était pas étranger. C'était elle. Il oscillait entre la terreur et l'allégresse.

« Oui, allô ? »

Jeanne avait pensé à lui toute la journée, et maintenant qu'elle s'était acquittée de ses obligations, elle voulait aller boire un verre, un petit bar qu'elle aimait bien dans le centre-ville, ça lui disait ? disons à 20 h ?

Paul a réenregistré le numéro de Jeanne. Ses mains tremblaient tellement que, encore, il n'a pu inscrire que la lettre J. Il a sauté sous la douche, enfilé une chemise en prenant bien soin que ce ne soit pas celle qu'il avait portée le jour où ils s'étaient rencontrés, puis il est parti en direction du centre-ville. En chemin, quand il s'est calmé, il a pu, encore, compléter son nom.

Jeanne est arrivée avec plus de quarante minutes de retard. Elle lui parlait sans entrain, regardait par la fenêtre et jouait avec ses cheveux. À plusieurs reprises, elle a interrompu leur discussion pour répondre à des SMS qu'elle recevait. Paul désirait retrouver la magie de leur première soirée, et après une première bière, il a commandé une tournée de scotch et levé son verre à la santé du président du Monténégro. Jeanne lui a flatté la main en souriant, puis elle a détourné les yeux. Quand elle a reconnu quelqu'un à l'autre bout du bar, un homme aux cheveux blonds, elle a demandé à Paul de l'excuser un instant, elle reviendrait dans une petite minute.

Seul à la table, Paul a terminé sa bière, en a commandé une autre. Il feuilletait le journal et, de temps en temps, levait les yeux pour observer Jeanne, qui discutait de façon animée avec celui que Paul avait nommé Luc – à l'envers, ça faisait cul. Paul l'a tout de suite détesté, mais son éloquence, il devait l'avouer, l'intimidait.

Paul a levé son journal pour se cacher derrière et continuer de les observer sans se faire remarquer. Jeanne avait l'air heureuse avec lui, il a cru la voir lui donner son numéro de téléphone. Quand elle est enfin revenue, Paul lui a demandé qui était cet autre homme, ce qu'il lui voulait, mais Jeanne a tout de suite changé de sujet, et quand Paul a insisté, elle lui a dit qu'elle n'aimait pas cet endroit, elle étouffait et voulait prendre l'air, puis elle est sortie. Paul a couru à ses trousses.

Dehors, il faisait déjà noir. Jeanne marchait d'un pas rapide, et quand Paul a réussi à ramener Luc sur le sujet, sans prévenir, Jeanne a tourné dans une ruelle sombre et étroite. Elle longeait les murs tout en lui faisant signe de se taire. Sur le sol, de la vitre cassée, des mégots de cigarette, l'air empestait l'urine. Jeanne a emprunté un escalier de secours, monté un étage, deux, trois. Paul regrettait de ne pas être parti tout à l'heure : oui, il aurait dû laisser Jeanne avec Luc et la rappeler le lendemain. Non, il l'aimait, il n'accepterait pas de la perdre; il irait jusqu'à se battre pour elle.

Lorsqu'ils sont arrivés sur le toit de l'immeuble, elle a regardé Paul un instant en se mordillant la lèvre inférieure. Paul n'a pu résister davantage : il l'a tirée vers lui et l'a embrassée, d'abord dans le cou, puis sur le menton, les lèvres... Non,

Paul n'aurait jamais fait ça : il était encore déstabilisé par le lieu où ils se trouvaient. En fait, sans doute n'était-il jamais monté sur un toit. Il était déchiré entre l'idée d'être en train d'enfreindre la loi et son bonheur d'être là avec Jeanne. Il faut donc que ça ait été l'initiative de Jeanne : il faut que tout soit à son goût, chaque moment comme elle se l'est d'abord imaginé. Elle dirige les hommes comme s'ils étaient ses acteurs, leur met pratiquement des mots dans la bouche. C'est donc elle qui est allée vers lui : elle a fait un pas en avant, Paul peinait à respirer. Il était paralysé, dans l'attente d'une prochaine indication. Peut-être aussi qu'elle a agi de façon plus sournoise encore et qu'elle n'a fait que s'approcher de Paul, si près qu'il n'aurait pu lui résister davantage – après tout, ils étaient seuls sur un toit, il devait y avoir une vue à couper le souffle, le décor devait être fabuleux : d'un côté les gratte-ciels du centre-ville, de l'autre la montagne. Jeanne l'a attiré vers le sol, s'est déshabillée... En retirant son gilet, elle a caché ses seins avec ses mains. Puis, hésitante, comme si c'était la première fois qu'elle les montrait, comme si c'était la première fois qu'elle se retrouvait comme ça, sur un toit avec un homme, elle les a découverts. Paul voulait lui dire quelque chose, mais elle était maintenant sur lui, son odeur l'enveloppait – en bas on entendait des chiens aboyer et, plus loin, la rumeur des passants dans la rue.

En rentrant, Paul s'est arrêté dans un parc. Couché sur la pelouse, il regardait les étoiles. Il pouvait sentir sous lui la Terre tourner sur elle-même. Il pensait à l'espace, au vide, à l'infini, et essayait de réaliser que tous ces petits points blancs qu'il pouvait voir, là, au-dessus de lui, étaient des masses gigantesques, des milliers et des milliers de fois plus grandes que la Terre, autour desquelles tournaient d'autres planètes, autour desquelles tournaient d'autres lunes. S'il pouvait voir les étoiles, de là-bas on ne pouvait pas le voir, lui. Il n'était qu'un détail sans importance sur une planète sans importance, qu'un point sur un point sur un point sur un point sur un point... Pourtant, à cet instant précis, il aurait juré que l'univers lui appartenait, qu'il ne s'adressait qu'à lui, comme si tous ces astres et ces éléments qui allaient et venaient à des milliers d'années-lumière n'étaient pas qu'un paquet de roches et de masses gazeuses géantes dans le vide, mais un spectacle destiné à sa seule personne. Un opéra grandiose murmuré à sa seule oreille et qui racontait son histoire d'amour.

Le lendemain matin, Paul a voulu inviter Jeanne à déjeuner, mais elle ne répondait pas à son téléphone et ne retournait pas ses appels. Il ne l'a pas vue pendant plusieurs jours, et chaque fois qu'il réussissait à la rejoindre, elle l'informait qu'elle ne pouvait pas lui parler, plus tard peut-être. Un soir, incapable de dormir, Paul s'est rendu chez elle en pleine nuit, pour lui parler face à face. Il a sonné un premier coup, un deuxième, puis il s'est mis à cogner et à cogner de toutes ses forces. Quand Jeanne s'est résignée à lui ouvrir, il était en larmes sur le seuil de sa porte. Qu'est-ce qui se passait ? Pourquoi agissait-elle ainsi ? Il voulait entrer, mais Jeanne lui bloquait le passage. Elle l'a prié de retourner se coucher, ce n'était pas le bon moment pour parler de ça. Il a levé la tête pour regarder au-dessus de son épaule et c'est là qu'il m'a vu, couché dans le lit de Jeanne, nu sous les couvertures. J'ai essayé de prendre un air désolé, et en me voyant dans le miroir, j'ai ressenti une émotion que j'avais oubliée : moi-même, animé par l'impression que Jeanne m'échappait au moment où j'avais été le plus amoureux d'elle, j'étais un jour allé chez elle au beau milieu de la nuit pour la trouver comme ça, en robe de chambre sur le pas de sa porte, avec dans son lit un homme prenant cet air désolé que je reconnaissais maintenant sur mon visage. Je l'avais envié, comme Paul devait être en train de m'envier, mais la vérité c'est que Jeanne m'échappait tout autant à cet instant que le soir où j'avais frappé à sa porte en panique.

Maintenant que je me retrouvais de l'autre côté de la scène, que je jouais l'autre rôle, je comprenais que Jeanne devait reprendre cette comédie encore et encore, avec chaque fois de nouveaux acteurs. Dans quelques mois, Paul allait se retrouver à ma place et un autre homme viendrait pleurer sur le paillasson de Jeanne, et sans doute Paul se dirait-il à ce moment-là exactement ce que j'étais en train de me dire, peut-être dans les mêmes mots. Et cette réflexion que j'étais en train de me faire, d'autres avant moi se l'étaient faite eux aussi, couchés là, dans ce lit, sous ces couvertures, cet air désolé sur le visage. Nous voulions être uniques, mais nous étions tous et chacun condamnés à n'être que l'écho des autres. La reprise d'une même relation, d'une même histoire – un refrain qui se répétait encore et encore dans la chanson de Jeanne. Peut-être qu'elle est à la recherche de quelque chose, de quelque chose que nous échouons chacun notre tour à lui donner. Peut-être aussi que Jeanne n'est heureuse qu'avec une partie de chacun de nous. Nous ne sommes qu'une fraction de celui qu'elle aime vraiment, un homme multiple, une sorte de créature à plusieurs têtes, qui se mordent au cou les unes les autres dans l'espoir d'être la dernière. Oui, elle est amoureuse du chœur et notre drame est de n'en être qu'un membre. Je ne sais pas, c'est possible, mais aujourd'hui j'aime mieux penser qu'elle est une boîte vide et qu'elle se nourrit de notre désir. Nous voyons en elle une créature énigmatique, un être plus grand que nature, et elle doit préférer se voir à travers nos yeux que de voir son miroir lui tendre le reflet de sa banalité.

Pendant que Jeanne refermait la porte, je me suis rappelé mon retour à la maison le jour où je l'avais trouvée en compagnie d'un autre, et j'ai pu comme ça suivre Paul jusque chez lui. Jeanne est revenue s'étendre à côté de moi, m'a enlacé. En s'assoupissant, de façon à peine perceptible, elle a murmuré qu'elle m'aimait. Je suis parti pendant la nuit.

LA FEMME PLUME

L'aimante toujours surpasse l'être aimé
parce que la vie est plus grande que le destin
Rainer Maria Rilke,
Cahiers de Malte Laurids Brigge

Un matin où le vertige me prit, encore ivre de la veille ou simplement en proie à l'épuisement de mes insomnies, je vis apparaître une tige sous mon bras. Était-ce le fruit d'une hallucination ? Je réveillai Antoine pour lui faire tâter cette pousse nouvelle. Il n'y avait pas de doute, ses doigts touchèrent la chose qui faisait résolument partie de moi.

« C'est le printemps ma douce ! Te voilà dotée d'une plante. Je ne savais pas ma maîtresse aussi fertile !

— Bonyeu ! Mais je ne suis pas une terre arable ! Qu'est-ce que je vais faire de ça ? »

Épaulée par Antoine, j'épiai la croissance de ce nouveau membre avec un peu de peur et beaucoup de fascination.

Mon drôle d'organe était attachant malgré le mystère de son apparition. Jour après jour, il prenait de l'amplitude et se fortifiait. Antoine s'amusait à le caresser et à le nourrir de compliments pour stimuler sa progression. Puis, une nuit, éveillée par un doux chatouillis, je levai le bras et découvris une plume. Encore tout frêle et discret, l'instrument se balançait doucement.

« C'est un bon signe ma douce. Ça peut t'emmener très haut dans les sphères de la littérature! »

Antoine recevait ma plume comme un don du ciel et une promesse de gloire. Cela m'intimidait. « Fait-elle réellement partie de moi? Comment ai-je pu faire naître une plume, cette excroissance insolite pour une fille de nature aussi réservée que moi?

— On ne soupçonne pas toujours ce qui sort de nous, ma belle! »

Antoine en savait quelque chose. Il n'avait pas de plume, mais beaucoup de panache. Il écrivait des chansons, accouchait de mélodies accrocheuses qu'il vendait ensuite à des chanteurs populaires. Mon prétendant faisait donc l'éducation de ma plume, même si, à bien y songer, il ne connaissait rien à ce genre d'instrument. Je crois qu'il aimait surtout le jeu du mentor et de l'apprenti. Ses dix ans d'aînesse ne laissaient aucun doute sur l'attribution des rôles, d'autant plus qu'il avait un fils. En tant que père, Antoine avait certainement une longueur d'avance sur moi. C'est après des années de galère à lutter contre l'immaturité d'adolescents attachés à leur enfance que je m'étais retrouvée aux côtés d'un homme mûr et père de surcroît. Pour sauter, pensais-je naïvement, par-dessus les années de bohême amoureuse et me poser enfin avec un homme bien enraciné.

Petit à petit, ma plume prit de l'ampleur et se mit à danser, à voltiger, à m'emmener vers des lieux inconnus. Antoine la surveillait, guettait ses moindres mouvements. La plus petite nouveauté de mon plumage le comblait de joie et de fierté. Toute menue et modeste, ma plume avait droit aux éloges de mon duc, car Antoine était bien né. L'aristocrate ne manquait jamais de me rappeler son rang, comme si je devais l'en féliciter. « Elle sera grande et conquérante ! » me disait Antoine, trouvant du mérite à voir pousser la chose sur laquelle il misait. Je ne le croyais pas. Je la voulais couvée, protégée des regards du dehors, à l'abri des vents mauvais.

Pendant plusieurs semaines, ma plume ne fut qu'une prolongation de ma main, un simple geste qui enfilait des mots sur du papier. Elle lançait à la diable des histoires sans queue ni tête qui faisaient rire Antoine. Puis, elle acquit de la confiance et devint un mouvement autonome, détaché de ma main, à côté de nous.

* * *

Désormais, elle est là, envahissante et touffue entre ma poitrine et mon bras gauche. Il suffit que je lève la patte pour la voir, la toucher. Elle me caresse l'aisselle. On l'effleure sans le vouloir. C'est devenu mon trésor, mon arme discrète aux souveraines envolées. Elle prend de l'amplitude et se gouverne seule, ce qui déplaît à Antoine qui cache très mal sa peur. Je la devine au petit pli formé au coin de sa bouche, ce pli qui refuse son sourire. « Tu ne veux plus m'embrasser ?

— Non, ce n'est pas ça. C'est juste que ta plume prend de la place.

— Tu l'as encouragée à pousser pendant tout ce temps et maintenant tu n'en veux plus ? »

Mes questions restent sans réponse. Antoine me lance des « Pffft ! » arrogants et joue l'indépendant indifférent, un rôle qu'il tient bien mal du reste. Le jaloux n'est pas loin derrière sa posture de coq. Et mon duvet embête l'oiseau hâbleur. Pourtant, mon nouvel organe génère un aplomb au potentiel érotique. Ses pointes se font as de la chatouille et des caresses à fleur de peau. Mais Antoine, en bon cartésien du nouveau millénaire, craint la beauté occulte de ma plume comme celle des mystères célestes. Mon instrument n'a rien des paillettes et des feux d'artifice aux éclats instantanés. En face de sa fragile charpente et de son imprévisible mouvement, il craint de la brusquer, de la briser avec ses grosses pattes d'ours. Et si je m'envolais avec elle, alors qu'il veut tant me retenir contre lui ? J'ai beau lui répéter que mes voyages sur le dos de ma plume n'ont rien d'une fuite, qu'ils sont plutôt une sorte de retrouvailles avec moi-même, Antoine n'aime pas que je respire sans lui.

Après de longs exercices et plusieurs ratures, je commence à apprivoiser ma plume. Je lui trouve un souffle qui la projette ni trop haut ni trop bas. J'ai présenté à Antoine le fruit de mon instrument. Il m'appelle, la gorge serrée, la voix éraillée de celui qui a été soufflé. « Ça m'a pris trois lectures pour tout saisir. C'est fort ! Tu m'intimides. »

Antoine se met alors à décortiquer l'œuvre de ma plume, à vouloir la simplifier, comme pour la mettre à sa main, la posséder. « Ta plume est aphrodisiaque. Que la femme avec qui je couche puisse écrire ça ! Je bande à te lire, sauf qu'on ne vient pas du même monde. Ça sera jamais possible tous les deux. »

Ma plume a donc un charme érotisant, mais sonne aussi notre divorce. Éros fait décidément bien mal son boulot !

Mon duc aurait sans doute préféré un aphrodisiaque plus docile. Il fait partie de ces mâles dominants dits «Alphas» qui redoutent plus que tout de se retrouver spectateurs. Ma plume menace son monopole de prédateur.

«Venir du même monde est-il une condition au bonheur ensemble? Ce qu'il y a de bien dans l'amour, c'est de voir la vie avec une nouvelle paire d'yeux! D'être surpris!» Antoine n'accroche pas. Il y a un mur entre nous. Je viens du pays des lettres et de l'intellect, lui, de celui des notes et de la musique pop. Il veut parler aux gens, au vrai monde, avec ses mélodies accrocheuses. Antoine voit mes mots comme des îlots élitistes, sa musique, comme un chant rassembleur. Mais comment peut-il prétendre s'unir au peuple, incapable qu'il est d'accueillir ma différence?

Quelques jours plus tard, j'apprends que ma plume n'est pas le seul écueil à notre union. Antoine prend sa voix affectée de duc fort convoité et le chat sort du sac:

«J'ai rencontré une autre femme.»

(C'est un chat-prétexte d'après moi, un simple alibi pour fuir en toute légitimité, mais restons-en aux faits.) Nous avons devant nous «la candidate idéale», m'annonce-t-il dans le langage des concours télévisés.

«Je dois lui laisser une chance», renchérit-il.

Antoine parle une langue étrangère, celle des déserteurs, des gladiateurs enivrés par la gloire, tuant légion de lions, mais incapable de s'attacher à une lionne.

«Comment ça, " la candidate idéale " ? De quoi elle est faite ta " candidate idéale " ? Et puis d'abord, candidate à quoi? Il y a une compétition? J'ai pas été mise au courant.

— Elle a mon âge. Elle a déjà un enfant et comme moi, elle cherche un *partner*, quelqu'un pour partager sa vie, mais pas pour former un couple dans le sens traditionnel du terme.

— ...»

Entre Antoine et moi, l'enfant a toujours été un terrain miné. Un manque de synchronisme. Notre union est née à l'ombre de ce marmot qu'il a et que je n'ai pas. L'autre, la candidate, déjà mère, devient donc plus apte à être reçue, et ce, par un calcul rationnel tout droit issu du tableau périodique des relations amoureuses. Dommage que je n'aie pas eu le temps de l'apprendre. J'étais sans doute trop occupée à lire *Anna Karénine*, à m'écorcher les yeux aux passions tragiques et aux amours pérennes issues d'un autre âge. Mais Antoine me ramène sur le plancher des vaches.

« Je dois laisser la porte ouverte, donner une chance à cette femme, tu comprends ? »

« La porte ouverte », la grande Chimère qui assassine l'amour et offre à tant d'errants un mirage de liberté. N'est-elle pas qu'un passage pour fuir ? Un judas pour laisser entrer tous les vents dominants ? Le cœur s'est converti en moulin où l'on entre sans cérémonie. Comment peut-on croire que l'amour n'a pas besoin de niche ? Aussi bien dire que l'or laissé sous le nez de tous ne se fera pas voler.

Antoine croyait aux lois du marché amoureux selon lesquelles il est convenu de sélectionner le partenaire idéal grâce à des critères objectifs. Selon ces derniers, il est possible de prévoir un déficit amoureux là, un gain ici, une dépression ou un profit d'après des théorèmes et des courbes semblables à celles de la Bourse. J'avoue n'avoir jamais saisi la logique de ces théories fondées sur l'expérience répétée de relations amoureuses, pour la simple raison que l'amour est selon moi une exception, pas une règle. *L'amour est enfant de Bohème*, écrivait Bizet, mais Antoine n'aime pas ce qui échappe au calcul, ce qui touche au mystère.

Si j'avais porté ces autres plumes, celles qu'exhibent les minettes, ostentatoires parures pour aveugler les hommes, Antoine ne serait pas parti. Le paon qui fait la roue n'est pas dangereux, mais l'oiseau qui déploie son aile et nous invite au large prend par les tripes. Antoine préfère garder les siennes indemnes pour ses orgies gastronomiques, inoffensifs assauts de l'assiette. Peut-être en mémoire de sa noble lignée – mais permettez-moi d'en douter –, mon duc suit la loi voulant qu'une fois atteint un sommet, il faille en gravir un autre sans même s'emplir le poumon de l'air pur de l'altitude. Je rêve de bâtir une maison sur la crête où m'a élevée ma plume, mais je dois redescendre la montagne. L'ascension de sueur et de labeur s'accorde mal au monde de grasse oisiveté, me dis-je, épuisée par ma défaite qui n'a ni l'étoffe ni le mérite du vrai combat.

Fier descendant d'un prénommé Giovanni Giacomo, chasseur de proies dans une Venise transformée en harem, Antoine m'a laissée au jour où je libérais ma voix étranglée par la peur. Il aurait préféré que je reste une silhouette à demi absente, un écran vierge sur lequel il dessinait ses fantasmes. Il paniquait à l'idée de se fixer aux côtés d'une élue qui conclurait l'histoire, mettrait un terme à sa course. Antoine accumulait les prises, rivé sur l'inconnu, nouvel Éden où le nombre d'or est la multitude. Ce libertin me semblait bien vieilli, régressant vers la caverne obscure d'où l'homme d'origine s'extasiait devant un mirage, séduit par des ombres. Antoine était un chasseur d'étrangères, de terres non défrichées, et si l'amoureux avait jadis son village comme terrain de jeu, aujourd'hui, la planète à sa portée est son terrible piège, un puits sans fond où il boit une eau éternellement nouvelle.

« T'as une belle plume ! »

Ce sont donc ces mots, lâchés comme un souffle me projetant au large, qui ont signé l'adieu d'Antoine. Une façon polie de me montrer la porte, alibi en main. « Tu vas tous les épater avec ta plume ! T'as un talent fou ! » Je ne sais pas que faire des compliments qui servent à se débarrasser de moi, des éloges où se devine l'envie, où s'entend un « Ouste ! Tu me fais de l'ombre, poulette ! » L'admiration serait-elle une menace à l'orgueil masculin ? J'ai parfois l'impression d'être née à la mauvaise heure. Dans ce monde à rebours, la Belle doit s'endormir lorsque son prince l'embrasse et son éveil chasse le chevalier errant en quête de vagabondes. L'amour tourne à vide.

Toujours est-il que ce don du ciel, cette plume qui devait m'élever au firmament, m'arrache des bras de mon amant. J'en reviens malgré moi à une vieille maxime que je croyais morte et enterrée, une survivante de toutes les révolutions de l'amour : *Le mâle préfère la femelle sur laquelle il exerce son ascendant*. Au diable l'émulation amoureuse ! Quand on peut piger dans le grand sac d'une féminité mondiale, pourquoi prendre notre voisine, menaçante de surcroît ? Résigné à la facilité, Antoine me demande donc d'aller briller ailleurs, de ne pas lui faire ombrage. C'est à croire qu'il a quelque chose du Roi Soleil ce grand duc au nom doré d'une particule. Moi, je reste bête et con avec ma plume, renvoyée aux calendes grecques avec mon atout anachronique.

La liberté qui fuit les enclos prend une maison pour une geôle. Le libre arbitre d'Antoine ne lui donne pas d'ailes, il est son bourreau. Ma plume avait pourtant poussé à ses côtés. Ce bel instrument s'est nourri, je le jure, de notre union. Comment peut-il m'enlever à lui ? Tout ce qui prend racine dans le couple est-il aujourd'hui menacé de disparaître, comme si le fruit de toute alliance mettait ses géniteurs en danger ? Le soliste dominant enterre-t-il du même chef tous les possibles concerts ? Jamais je n'ai souhaité que ma plume m'éloigne d'Antoine et pourtant, aujourd'hui, je n'ai plus qu'elle. Un bras qui écrit. Une plume taillée à ma forme qui me distingue et m'isole.

Je laisse Antoine à sa ligue d'instantanées, paralysé par la liberté qu'il chante. Je m'arrête là. Je ferme boutique. Je n'ai plus de munitions contre ces enfants prodigues fuyant l'amour comme la chaîne du bagnard.

* * *

Depuis le départ d'Antoine, mes amies s'inquiètent de ma chasteté. Quelle femme de trente ans du nouveau millénaire peut choisir l'abstinence après tous ces brasiers de soutiens-gorge qui ont fait de la femme une chasseresse aux crocs affilés ? Honte à moi qui choisis la traversée du désert dans un monde où tout m'est offert et disponible, où les fontaines coulent à flot. À la corne d'abondance des amours possibles, je choisis pourtant de laisser mûrir le fruit. Mon abstinence n'exclut pas le désir. Elle tient de cette tranquillité de l'âme des Stoïciens, ni trop pleine ni trop vide. Mes amies me traitent de réactionnaire, d'intellectuelle poussiéreuse, mais jamais le temps ne m'a été aussi clément que depuis que j'y vis sans attendre l'ami, comme s'il s'écoulait désormais avec moi.

Seule dans mon appartement, j'observe ma nouvelle plume. Elle a changé depuis quelques jours. Elle était franchement mûre pour une nouvelle toilette ! Depuis le départ d'Antoine, elle révèle un penchant créatif que je ne lui soupçonnais pas. L'impulsion de mon bras l'envoie voguer tous azimuts, mais elle regagne toujours sa position initiale, son lieu de naissance. Elle revient se lover sous mon aile, comme pour me remercier de l'avoir libérée des fausses envolées, des vols planés et des atterrissages forcés qui l'avaient épuisée, mise à plat, peut-être même à mort, quand je l'oubliais des jours durant, cherchant à me fondre au nouveau prétendant. Je prodiguais alors toutes mes précieuses ressources à d'avides nomades, gaspillant mon geyser plumé, prodigieusement inventif.

Aujourd'hui, plus ma plume danse, moins je valse dans ma tête. Les maux de ma période prédatrice se sont calmés. Le défilement des nuages, les jours de grand vent, ne me donnent plus le tournis. Un vertige nauséeux m'assiégeait au regard de la voûte étoilée au temps où, chaque nuit, je cherchais à m'ancrer dans les bras d'Apollon. Seule avec ma plume, j'apprivoise désormais le cosmos. Mes yeux se posent sur ce grand Tout qui se fait confident. La musique des sphères a sûrement ce même chant modeste qu'entame ma plume devenue sourde à la rumeur des prédateurs de l'éphémère. Plus près du murmure que de l'opéra criard, cette mélodie s'appelle *l'accord*, et il n'a lieu que lorsque la grandeur se mesure dans l'unique. Je me retrouve là où j'avais chaviré, dans l'immensité d'une vie que je ne traque plus. Si je m'accorde aujourd'hui avec les astres, je soupçonne pouvoir m'accorder avec un homme.

* * *

Un soir où je n'entendais rien aux chants des sirènes, il m'a reconnue et entendue au milieu du bruit. Moi et ma plume formions une cellule unie générant sa propre lumière, à mille lieues des feux d'artifice si haut lancés et vite retombés. Un homme affublé d'un organe mystérieux entrait dans ma vie. Rien de surnaturel ni de déguisé. L'homme portait à son front une lentille, et à l'écouter, cette lunette ressemblait fort à ma plume. L'instrument auto-généré par son propriétaire lui faisait faire de grands voyages sans cartes ni trajectoires fixées. L'homme-lentille avait dû apprendre à regarder seul par cette fenêtre magique qui lui servait de boussole. Sa lunette fit un clin d'œil auquel ma plume répondit par un battement gracieux. Sans les dents du prédateur, l'homme-lentille approchait doucement ma plume, me parlait d'un Temps plus grand qui frappe à la porte de ceux qui vivent sans attendre. Je savais que lui, si je gravissais la montagne, ne me laisserait pas redescendre, même si le vent venait à s'affoler, même si le sol au sommet s'avérait rocailleux et qu'il faille travailler d'arrache-pied pour y planter nos socles. Le rêve serait assez grand pour qu'on ne le perde jamais de vue et les distractions, trop petites pour nous éloigner. Avec sa lentille et moi ma plume, nous formions un couple un peu démodé, n'en déplaise aux gens dans le vent. Nous étions chacun éclairé par notre propre lampe, nous unissant à la lumière nouvelle de l'autre plutôt qu'en quête du projecteur.

La vanité de celui qui croit que la richesse se mesure au nombre de pierres accumulées au sommet est aussi triste qu'un amour sans mystère. Celui-là ne voit pas la pauvreté du nombre et la précarité de son combat au regard de la vie qui est sans chiffre et sans mesure. J'avais voulu retenir les déserteurs et j'avais déserté le monde.

Ce soir-là, l'homme-lentille m'a ramenée au pays. J'avais, en face de moi, deux yeux se mêlant aux miens et deux pieds qui m'ancraient dans la terre.

– ALAIN FARAH –

LES VIES
SEXUELLES
DE
JOSEPH M.

Et si la littérature était le seul endroit pour encore se tromper ? Avant, je disais *bop* quand survenaient dans mes livres des moments très sexuels. Je pense notamment à une scène ayant lieu sur un bateau que je n'ai pas su écrire, je crois que c'était en 2006.

La pire des censures = celle qu'on s'impose à soi-même, c'est du moralisme d'école élémentaire, mais c'est vrai quand même.

Heureusement, le monde change, et la littérature est le meilleur endroit pour le tromper.

Maintenant, je n'ai plus de scrupules à décrire avec beaucoup de précision ce qui se passe quand je rencontre une très belle femme dans une soirée et qu'elle porte une robe bleue moulante comme celle de Joanie H., ma seconde épouse.

Ce n'est pas nécessairement vulgaire de parler de ces choses-là.

Avant, j'avais des scrupules, je disais *bop*, mais il faut savoir que j'ai grandi dans un orphelinat catholique et qu'à l'heure du dîner je vomissais une fois sur deux.

Aussi, j'utilisais l'interjection *bop* dans mes livres avant de voyager dans le temps. Qu'on se le dise : pour moi, prendre une femme très belle, relever sa robe, baisser juste assez sa culotte pour me placer correctement, c'est la même chose que de m'évader de *maintenant*, de cette époque de gel où la tristesse donne son nom à tout ce qui bouge.

Si j'aime revenir en arrière, est-ce que je peux le faire ?

Je pense qu'en utilisant ma pensée, je peux le faire.

Bop.

Disons que je me place correctement en 1962.

Disons que je suis en compagnie de mon collègue Umberto, le dragueur invétéré.

Disons que nous arrivons à l'inauguration d'un gratte-ciel.

Bop.

Les gens font la file pour entrer et semblent tous fébriles d'être de cette fête sélecte.

On inaugure la Place Ville-Marie, ce n'est pas rien.

Umberto avance, la tête haute, montre son carton à l'hôtesse qui me regarde étrangement. Pour ne pas semer de soupçons, je lui dis : *Je suis d'une autre époque.*

Nous entrons dans la grande salle de bal.

Umberto ne perd pas de temps et commence tout de suite à repérer les femmes dans la pièce :

«Regarde, celle là-bas, tu as vu sa poitrine ? Et l'autre, avec la jupe courte, elle ne travaille pas dans ton quartier ?»

Il tente de m'inclure dans sa réflexion, je fais semblant d'observer aussi les femmes, mais la vérité c'est que nous sommes dans le passé et qu'à ce moment de mon éducation, je suis encore incapable d'aligner les axiomes posés en prolégomènes du pensum intitulé *Les vies sexuelles de Joseph M.* Juger les gens à leur apparence me rend mal à l'aise.

Mon attitude agace Umberto, qui s'impatiente :

« Non mais allez, tu n'es pas sympa, aide-moi à trouver une femme qui te plaît aussi, comme ça on s'amusera tous les deux. »

Disant ça, il continue de balayer la salle du regard.

Devant tant d'insistance, je dis :

« Au fond de la pièce, celle de dos, avec le chapeau blanc sur la tête : elle, elle me plaît.

— Mais on ne voit même pas son visage, grand voyou, et en plus ces chapeaux sont ridicules, on les surnomme *pillbox hats* parce qu'ils ont la forme des boîtes de pilules que tu prends quand tu as tes mauvaises pensées. Regarde autour, il y a tous ces beaux minois et toi tu me parles de cette fille qu'on voit de dos ?

— Elle a l'air de quelqu'un de bien, c'est à elle que je dois parler.

— Si c'est pour que tu changes de gueule, je veux bien faire ce qu'il faut. »

Umberto se dirige vers le fond de la salle de bal et touche le bras de la femme que je désire. Elle se retourne aussitôt.

Lorsque j'aperçois son visage, je me sens tout à coup très mal, je crois qu'elle s'en rend compte parce qu'elle me jette un drôle de regard.

Je ne la connais pas, mais je la connais.

C'est dur à expliquer, si on n'a pas lu Sophocle.

Au moins, Umberto ne m'en voudra pas de mon choix. Je crois qu'objectivement on peut dire qu'elle est très belle : des cheveux bruns très foncés qui descendent jusqu'au milieu de son dos, un regard vif autour duquel se dessine un maquillage précis, une peau pâle mais pas transparente (je n'aime pas voir les veines).

Même si elle est très agréable à regarder, cette jeune femme ne m'inspire pas confiance.

Je m'assois près d'Umberto sans trop porter attention au début de sa conversation avec elle, je reste à l'écart de cette entreprise de séduction qui entre en conflit avec mes valeurs morales.

Il pose une main sur sa cuisse alors qu'elle s'efforce de trouver mon regard comme pour m'appeler à l'aide. Je frissonne.

Umberto, impatient, n'attend pas pour jouer son va-tout avec la jeune femme. En même temps qu'il déplace sa main vers son entre-jambe, il déclare :

«Vous savez, Mademoiselle, je suis diplômé de philosophie, je suis spécialiste en scolastique médiévale, je viens de publier un essai qui s'appelle *Sviluppo dell'estetica medievale*, c'est très riche et très dense. Oui, je m'intéresse aussi à l'art d'avant-garde, et je prépare un essai, encore plus riche et plus dense, je cherche encore un titre, ça viendra, c'est une question d'inspiration, vous savez. Vous, vous êtes énigmatique... Vous savez, la sémiologie, c'est l'étude des signes, je suis sur le point d'obtenir une position très enviable en Emilia-Romagna, oui, c'est une région en Italie, c'est ça, vous connaissez, c'est très beau, surtout si vous aimez la culture, oui, c'est très complexe, la culture italienne.»

J'interromps son baratin en plein milieu :

«Je m'en vais, Umberto. Je ne me sens pas bien.

— Mais qu'est-ce que tu dis, *carissimo*? Laisse-moi au moins te présenter cette jolie mademoiselle avant de déguerpir. Au fait, comment vous appelez-vous?»

Elle dit:

«Salomé.»

Mon sang se glace encore un peu. Je n'ai pas le temps de recourir à mes sédatifs qu'elle s'adresse à moi:

«Je ne pensais pas vous voir ici.

— Que voulez-vous dire? Nous nous connaissons?

— Pas encore, mais dans le futur, vous habiterez chez moi pendant neuf mois.

— Voilà qui m'étonnerait.

— Et pourquoi donc?

— Un baiser me tuerait si la beauté n'était pas la mort.

— Je vous demande pardon?

— Un baiser me tuerait si la beauté n'était pas la mort.

— C'est très profond, cette phrase.

— Je sais, elle est du siècle dernier.

— Et vous, vous êtes de quand?

— Que voulez-vous dire?

— Ne faites pas l'innocent.

— Que voulez-vous dire?

— Trop de choses. J'étais sûre que vous feriez semblant de ne pas vous souvenir de moi.

— Je ne sais rien de vous, à part seulement que vous vous prénommez Salomé. Ça ne suffit pas à faire perdre la tête.

— Vous aimez parler à des jeunes femmes séduisantes en faisant référence à l'Évangile?

— Seulement si j'ai l'intention de les connaître bibliquement.»

Umberto roule ses yeux et ouvre la bouche assez grande pour qu'on devine qu'il pousse un *hooooou* muet, visiblement content que je m'implique enfin, mais agacé de me voir agir de manière aussi désinvolte avec une femme qui semble nous démontrer de l'intérêt.

Qu'il réagisse ainsi m'incite à poursuivre mon petit jeu : «Depuis ma tendre enfance à l'orphelinat catholique, j'ai toujours été troublé par l'épisode de la décapitation de Jean-Baptiste.

— Et qu'en avez-vous retenu ?

— Qu'il vaut mieux se méfier des femmes qui feignent d'ignorer que la beauté est la mort : c'est signe qu'avec moins qu'un baiser, elles risquent de tuer.

— Mais vous trouvez ce genre de femmes intéressantes, n'est-ce pas ?

— Vous avez raison. Sans doute parce que ma mère a semé la mort sur son passage.

— Une passion pour les femmes castratrices, c'est plutôt rare chez les hommes d'aujourd'hui !

— J'aime seulement les castratrices parce que je sais les castrer.

— C'est un défi ? Votre arrogance prête à la question.

— Mes valeurs morales exigeraient que je m'en aille, maintenant.

— Ce serait dommage que vous partiez sans que nous en venions à l'objet de notre rencontre.

— Ma psyché n'est pas assez explosée pour que je puisse le concevoir seul sans votre aide. C'est à vous de me dire pourquoi je suis ici.

— Très bien. Passons aux toilettes.

Bop.

Je déplace l'action dans le temps et dans l'espace, mais de façon psychotronique, c'est-à-dire que je maintiens le lieu physique qui sert de décor à cette scène (nous inaugurons la Place Ville-Marie, nous sommes le 13 septembre 1962), nous marchons vers les toilettes, nous vivons un moment de grande intensité (on dit depuis longtemps que le plus beau, c'est de *monter l'escalier*), Umberto n'a pas le temps de comprendre ce qui se passe, Salomé me tient par la main, elle porte une robe bleue, belle et moulante comme celle de Joanie, je prends une grande respiration parce qu'à partir de maintenant tout va devenir très sexuel.

Entrant dans les toilettes, je me place correctement en 1795.

Bop.

Ah oui, ah oui, il est inouï le superbe cul de Joanie (mais non, c'est Salomé), ah oui (mais non, je ne veux pas penser à Salomé, c'est le nom de ma mère!), ah oui, je me place dans Joanie, cette femme m'occupe l'esprit, toutes mes idées involontaires se rapportent à elle, à la tristesse de sa beauté, de son maquillage qui fait de ses yeux un chef-d'œuvre, oui, je suis par-dessus la Marquise, j'écris que dire c'est faire, oh oui, oh oui, oh oui, on ne va pas passer un quart d'heure à se dire des gentillesses, Mademoiselle, viens Salomé, retourne-toi que je me rende digne de ton beau cul, que je me rende digne des flammes dont Babylone m'embrase, ah je cite, je bouge, j'aurais pu être ton jardinier, tu sais, tu as les plus belles fesses, les fesses les plus rondes, je voudrais que Joanie à genoux me suçât et que pendant ce temps-là Madame de Saint-Ange (c'est qui, celle-là?) m'expose son derrière, se courbe un peu pour que je l'encule, que je me fasse plaisir au nom de Donatien Alphonse François, que dans ce cul étroit je décharge 100 millions de soldats en espérant qu'un seul me fasse voir le jour.

Bop.

On ressort des toilettes et d'une décennie de séismes.

Bop.

On redescend dans la salle, parmi la foule, comme si de rien n'était.

Évidemment, Umberto vient aux nouvelles.

«Et puis?

— Et puis quoi?

— Tu n'as pas fait de conneries, j'espère?

— Qu'est-ce que tu veux dire?

— Tu sais que Joanie a installé une caméra microscopique dans l'épiderme de ton front et qu'elle saura tout assez vite, alors j'espère que tu es resté bien chaste avec cette Salomé.

— Joanie ne m'en voudra pas, je t'assure.

— Non, elle te tuera.

— Au moins, j'aurai fait le nécessaire pour naître.»

COMMENT DEVENIR MADAME BOVARY

Elle vous regarde. Et puis elle ne vous regarde plus,
elle regarde ailleurs. Et puis, elle répond.
Marguerite Duras, *La Maladie de la Mort*

Elle se sert un verre de vin.
Il s'agit d'une bouteille de la veille.
La cinquième bouteille entamée avec les amis.
La bouteille de trop lorsqu'on se lève tôt.
Enfin, la bouteille que l'on finit seule le lendemain.

Elle transporte son portable et son fil de recharge.
De l'espace bureau à la table de cuisine.
La table de cuisine est envahie de papiers, de courriers :
la lecture d'accompagnement des repas solitaires du matin.

Elle ouvre l'ordinateur devant elle.
Déposé sur ses genoux, la chaleur passe à travers sa robe.

Elle boit une gorgée.
Dépose son majeur sur le pad et dessine de petits cercles avant d'appuyer.
Il fait humide sous son vêtement et son ventre est chaud.
Elle replace une mèche de ses cheveux pour dégager son front.
Se sent observée, tendue.
Elle regarde par la fenêtre.
Dehors, la rue est calme.
La nuit tombe.
Les voisins et leurs amis sont sur le balcon commun.
Ils s'esclaffent aux 10-15 minutes.
Rien de dérangeant.

Le cellulaire est sur vibration.
Elle se sent coupable et faible.
Elle est excitée et nerveuse.
Elle sourit malicieusement, à elle-même.
Elle s'est entendue avec sa conscience raisonnable et son côté givré.
Ce soir, elle ose.

1. De l'importance de la réalité

Il y a tout d'abord des amis d'amis ou des photos de Profil qui sèment l'envie.

Des amies qui vous vantent cet excellent « produit », ou bon parti resté trop longtemps sur les tablettes, ou fraîchement de retour sur le marché. Il y a toujours cette possibilité utopique qu'il soit la denrée rare, la perle perdue qui a su passer sous le nez de toutes les filles de la métropole. Son retour parmi la faune désespérée est sans contredit une preuve qu'il y a du bon en lui, non ?

Certes, mais...

Il a su combler une demoiselle qui a sûrement le même type d'aspiration amoureuse que vous, mais qui n'a pas le même cul mignon ni votre esprit vif ?

Prenez garde.

Vous n'êtes peut-être pas aussi spéciale que vous le croyez.

Ne scrutez pas son Profil.

Le danger devient alors imminent.

Des photos de lui entre amis, jamais trop soûl ou disgracieux. Juste un bon vivant qui est bien entouré et apprécié. Une nature sociable. Pas trop de filles sur les photos, sinon des filles qui sont assurément des amies, des bonnes amies, enfin, qui n'ont aucune chance avec lui, clairement.

Voyez-le assis au comptoir de la salle à manger, heureux de sa salade de Trévise et de son bon rouge du moment.

Remarquez ces vêtements sports, Ray-Ban, quelques gouttes de sueur sur le front, gros plan d'un accomplissement sportif (trekking, parachute, parapente). Après une longue observation, il est possible de discerner l'humidité de son short. Vous concluez que le sport implique de l'eau.

Il est membre de «Libérez Moussad», aime Pitchfork, Berhnardt et la langue française. On ne peut pas lui envoyer un hamburger pour sa fête. Une perle quoi.

Vous pensez apprendre à le connaître, mais c'est FAUX. Ne vous laissez pas berner. Ce garçon que vous construisez n'existe nulle part ailleurs que dans votre imagination. Vous serez ultimement déçue.

Il peut être un être d'exception (voir article précédent : «Du sentiment sur l'utopie»), mais il ne sera jamais celui que vous avez fabriqué au cours des deux dernières heures.

Qu'on se le tienne pour dit !

Un message de l'Association montréalaise de la fabulation excessive, une filiale du O.U.I.N.B.O.F. des femmes de la Communauté urbaine de Montréal.

Elle regarde les photos depuis deux heures.

Sa notion du temps est altérée.

Elle a l'impression de le connaître depuis plus longtemps.

Elle se convainc qu'il s'agit d'un bon projet et qu'elle doit agir rapidement, avant que le doute ne s'immisce.

Avant qu'il ne mette en branle l'ineffable inaction.

Elle décide de lui écrire.

Un petit mot d'esprit.

Une salutation à la fois intrigante et charmante, allumeuse et inoffensive.

Elle tape une vingtaine de débuts de phrase, sans savoir vers quoi diriger son message.

Elle ne sait pas comment l'aborder franchement, mais avec retenue.

Elle rédige.

Une proposition véridique : «Salut ? Tu vas bien ? On se connaît pas vraiment, mais Julie m'a glissé un mot sur toi. Il semble que tu es maintenant célibataire. Si tu as envie de quoi que ce soit avec moi, écris-moi svp. Je t'en conjure. J'en ai vraiment besoin.»

Elle met la phrase en couleur et la fait disparaître.

Elle rédige.

Une proposition mystérieuse :

«Moi, Amie de Julie

Toi, Ami de Julie

Tu crois que ?»

Elle ne croit pas à l'elliptique.

Elle met cette phrase en couleur et la fait disparaître.

Elle redépose ses doigts sur le clavier.

Elle opte pour le faux prétexte plausible :

«Bonjour, on se connaît pas vraiment ! ☺ Je suis une bonne amie de Julie. L'autre soir on prenait un verre au Bar4 sur Saint-Laurent (endroit superbe à découvrir si tu ne connais pas !).

«Je disais que je cherche un chalet pour un weekend (pas d'escapade romantique ☹, plutôt une réunion familiale). Julie m'a dit que tu avais un super bon filon. Un oncle à toi ou quelque chose du genre. Tu serais vraiment gentil de m'en donner les coordonnées et par le fait même de répondre à ces petites questions :

C'est à combien de temps de Montréal ? Combien ça coûte ? Est-ce que c'est près d'un lac ? Avec des bateaux à moteurs ?

Beaucoup de questions... il va peut-être falloir se rencontrer et faire un 5 à 7 pour m'éclairer ? Hihihi ! Excuse-moi. Je suis très curieuse. Au plaisir d'avoir de tes nouvelles, M. En passant, je m'appelle M. x »

Elle regarde longuement les lettres noires sur l'écran.

Elle sait que le « x » est audacieux.

Elle se le permet.

À la limite, ça peut passer pour un automatisme de correspondance.

Elle caresse du bout de l'index les touches du clavier de gauche à droite sur la ligne centrale.

Elle appuie fortement sur la touche la plus longue à la droite sur le clavier.

Elle rabat l'écran abruptement.

Elle termine son verre en une lampée.

Elle regarde dans le vide.

Elle relève l'écran de son portable.

Elle relit les lettres mises côte à côte qu'elle vient d'envoyer.

Elle rabat l'écran de nouveau.

Elle se lève.

Elle ressent une douleur à l'épaule.

2. De l'importance de la représentation

Vous êtes à la veille d'entamer une nouvelle relation par interface ?

Vous pensez changer votre photo de Profil ?

Vous voulez dégager une image décontractée, sensuelle et drôle ?

Assoyez-vous un instant et méditez sur cette trace indélébile.

La première « première impression ».

Ne prenez pas cet acte à la légère.

Vous avez pensé mettre une photo rigolote d'une dame âgée qui fait la split sur un boardwalk américain ? Erreur.

Audrey Hepburn dans *Breakfast at Tiffany's* serait beaucoup plus avantageux comme icône de grâce et de beauté.

Vous optez pour une photo de vous ?

Si ce terrain s'avère généralement glissant, il se révèle très formateur dans le cheminement vers l'acceptation de soi en tant que femme possible et fantasmable. Ce qui est toujours une bonne chose. Le ton est donné.

Comment choisir judicieusement ?

Un cliché de vous : innocente, vous esclaffant, prise un peu de profil.

Intrigant, certes, mais cela peut créer une déception lorsqu'il y a volonté d'identification des attributs physiques.

Nos expertes prônent une offensive franche et sans compromis.

Il s'agit simplement de trouver un cliché qui offre un regard franc en direction de la lentille.

N'ayez pas peur d'être vous-même.

Vous êtes belle comme vous êtes.

Vous êtes assez grande pour commencer à assumer qui vous êtes.

Faites confiance à votre sourire et à votre âme généreuse et attentionnée qui égayent votre regard.

Ce message d'encouragement vous est gracieusement offert dans le cadre du Programme de revalorisation du patrimoine de la Section sud-est montréalaise de l'Association québécoise pour une femme différente comme les autres.

Elle ouvre son interface pour la trente-septième fois de la journée.

Elle a déjà reçu deux messages de lui.

Elle relit les messages inlassablement en tentant d'y déceler un autre indice sur l'homme et l'intérêt qu'il pourrait lui porter.

Deux messages en vingt-deux heures.

Il s'agit d'un conquérant.

Il veut et il le démontre.

Elle regarde encore sa photo.

Elle envoie un message à Julie pour lui rappeler le mensonge du chalet si jamais elle recroisait son ami d'ici leur première rencontre.

Elle regarde encore sa photo.

Elle regarde ce qu'il y a de nouveau sur son Profil.

Il y a une nouvelle photo de lui avec une jolie fille.

Il a la tête posée sur son épaule, assis sur une nappe de pique-nique par terre dans un parc. Il y a des bouteilles de vin autour et un sac de provisions de la Maison du rôti.

Elle sent son cœur battre plus vite.

Une recherche plus exhaustive de vingt clics confirme qu'il s'agit seulement de sa sœur ou de sa cousine. En tous cas, ils ont le même nom de famille. Le rendez-vous est donc toujours au programme pour le lendemain.

3. De l'importance du terrain neutre

Cette information vous concerne.

La Suisse n'est pas un paradis fiscal pour rien. Nous souhaitons vous donner les outils pour trouver le lieu propice à la première rencontre, sans vous compromettre et sans mauvaises surprises.

Lisez attentivement ces pertinentes questions avant de lancer l'invitation:

Avez-vous des chances de croiser quelqu'un que vous connaissez bien?

Quelqu'un qui aurait envie de s'asseoir avec vous quinze minutes, ou deux heures pour prendre des nouvelles?

Avez-vous eu une aventure avec quelqu'un qui fréquente assidûment le lieu et qui y vient dans le cadre de soirées thématiques (les games de hockey ou les jeudis ToutestBud)?

Ne bousillez pas toute possibilité d'intimité avec votre invité.

Est-ce que vous avez déjà essayé ce restaurant avec votre ex? Il se pourrait que l'on vous demande des nouvelles de votre ancien amoureux et que vous deviez alors en parler devant votre nouveau prétendant.

Ceci constitue un malaise assuré.

Nous ne vous conseillerons jamais assez le guide resto, par quartier et par type de cuisine.

L'outil pour ne pas perdre la carte.

Vous choisissez le lieu.

Une activité loufoque peut être envisagée.

Le pique-nique est une bonne avenue, mais sachez que vous devez partager la préparation avec lui pour ne pas avoir l'air d'y avoir mis toute la journée.

Nous avons maintes fois répété cela dans nos prospectus précédents, mais il n'y a pas de mal à insister sur cette information essentielle :

Pour la première rencontre, n'invitez pas votre prétendant à la maison...

Si cela tourne mal, vous n'aurez aucune chance de repli ou de fuite.

Vous devrez prendre votre mal en patience et attendre que votre suggestion de «terminer la soirée parce que vous avez quelque chose demain tôt» fasse son chemin dans l'esprit de l'autre.

Vous avez des envies de grandeur et d'éclat, mais la prévoyance est une valeur sûre. Prenez un verre dans un bar ou un bistro où l'on peut aisément discuter, et d'où on peut se sauver tôt ou rester tard, prendre une longue marche qui pourra vous mener là où votre envie de fin de soirée vous guidera. Voir à ce sujet notre fascicule : «L'alcool et l'envie de se coller : une lutte à finir».

Le Regroupement montréalais pour la sauvegarde de la dignité, une division canadienne de *Headache pretexts for all of America.*

Il la regarde.

Elle sent son regard sur elle.

Elle sait que ça compte.

Elle comprend que c'est le regard qui compte.

Celui où il prend conscience d'elle pour la première fois dans ce moment de silence.

Ce n'est pas un moment sacré, mais un moment suspendu.

Elle perçoit son regard sur sa nuque, ce regard qui envisage l'après.

Elle pense à tourner la tête et à fixer son regard à elle dans le sien.

Elle sait ce dont elle a envie.

Elle a envie d'être magnanime, splendide, inaccessible.

Elle a besoin de ne pas baisser la garde.

Elle ne veut pas redescendre parmi les vivants.

Elle veut la célébration.

Elle ne veut pas le regarder et redevenir mortelle.

Elle sait qu'elle est beaucoup trop intense de penser comme elle le fait.

Elle regarde autour d'elle.

Elle balaie son regard à lui au passage, mine de rien, comme un simple obstacle entre la fenêtre et l'ardoise sur le mur.

Elle ne fixe pas son regard.

Elle regarde ses mains.

Une main est posée nonchalamment sur la table avec ses veines au repos.

L'autre enserre un verre de bière.

Elle vaque à entretenir son espace intérieur pour cultiver son mystère.

Elle rêve d'être touchée.

Elle reste impénétrable mais charmante.

4. De l'importance de la mémoire

Ne vous faites pas prendre les culottes baissées.
Vous êtes légèrement ivre ou outrageusement «chippée».
Vous rentrez chez vous en taxi.
Vous vous laissez aller au moment présent.
Pensez-y deux fois.
Ceci pourrait être le prélude à un dur réveil.
Vend. 3 h 21 : «Tu fais koi? Té où? Je pense que je t'aime.
Viens me rejoindre, OK? Pas grave sinon. Appelle-moi stp.»
Vous ne voulez pas vivre une journée d'horreur en constatant cet envoi.
Soyez vigilante.
Comme dit le dicton : «L'orgueil disparaît si facilement dans le vacillement.»
Un texto tardif désespéré est si vite arrivé.
Ce message d'intérêt public vous est gracieusement offert par O.U.P.S.W.O.H., Section tragédies textuelles nocturnes est du Québec.

Il passe sa main sous la chevelure tombante. Il empoigne la nuque humide. Il laisse glisser sa main sur le trapèze jusqu'à la bretelle que le simple effleurement fait tomber. Il suit le contour de l'épaule avec un geste enveloppant. Subitement, sa main revient à l'avant du corps. Il agrippe fermement le sein. Il sort le sein du soutien-gorge encore attaché. Il empoigne et tire sur le sein dévêtu. Il remonte et redescend le sein. Il le frictionne sur la poitrine comme un objet étranger, comme une orange que l'on roule afin de lui enlever la pelure. Il tord l'excroissance comme si elle n'était pas attachée au corps sous la peau. Il regarde la rougeur apparaître sur la poitrine. Il regarde, ne sachant si la forme finira par se détacher de cette poitrine. Il tire le sein vers lui. Il a envie de le détacher d'elle. Il sent sa main à elle sur sa main à lui. Elle couvre la moitié de sa main à lui. Elle n'insiste pas. Elle est juste là, posée sur la sienne. Il y a quelque chose d'indécent dans le geste, dans l'immobilité du geste. Il relâche son étreinte du sein. Sa main à lui reprend le chemin vers son épaule à elle. Sa main à elle disparaît dans la noirceur d'un repli du drap. Il continue de promener sa main à lui de bas en haut jusqu'au bas de ses reins à elle. Il insère quelques doigts entre sa peau à elle et sa petite culotte. Il la tord, la tourne et la retourne. Elle sent le tissu, le rêche de l'élastique sur sa hanche. Elle ne sent pas ses doigts à lui sur sa peau. Il descend sa main, ne caresse pas ses fesses au passage. Il amène sa main jusqu'à son sexe à elle. Elle doit lever la jambe pour lui faire de la place. C'est ce mouvement qui les rapproche. Leurs bouches sont pratiquement l'une en face de l'autre. Elle n'ose pas lever son regard vers lui. Elle regarde ses lèvres, légèrement bleuies par les tanins du vin. Puis, elle le regarde dans les yeux. Il regarde sa main à lui qui fait des allers-retours saccadés du nombril aux reins. Elle sent le poil de son avant-bras qui frictionne l'intérieur de ses cuisses.

Elle ferme les yeux. Il fait noir. Il n'y a pas de film intérieur. Pas de substitution. Il y a un gouffre. L'attente de ressentir. D'oublier que l'on peut voir. Elle sent le menton rêche de la barbe de deux jours parcourir ses flancs. Sans les irriter, mais en les marquant tout de même. Elle entend le tissu de l'oreiller frotter contre son oreille. Le son envahit l'espace. Elle n'entend plus que ça, ne ressent plus que le son. Elle revient à elle lorsque son corps à lui s'étend à côté du sien. Elle le regarde dans le noir et esquisse un sourire. Le sourire poli.

5. De l'importance de la lucidité

Au milieu de son être, au centre de sa chair, une fine pellicule plastique coupe son corps en deux.

De sa tête à son tronc, telle une incision, la mince toile la sectionne en deux.

Il y a façade.

Son devant de chair qui est présenté au monde.

Ses membres qui s'offrent, qui osent, qui se lancent pour être caressés, empoignés, explorés.

Derrière la pellicule.

Une amoureuse blessée, craintive, qui souhaite le grand amour.

Une vulnérable enfant aux rêves bleus et purs. Enveloppée. Scellée.

Un être qui croit à l'amour pur et dur, au grand et bouleversant amour. Aux passions vertueuses.

Plus le temps passe, plus cet être semble se résorber, vieillir dans l'humidité, se ratatiner. Les élans de jeunesse de cette excroissance naïve disparaissent, s'amenuisent.

Il y a retranchement de la croyance au prince charmant, il y a l'espoir qui se retire dans ses quartiers.

Au dehors, tout est normal, l'espoir perce au centre de temps à autre, il y a fuite et failles occasionnelles.

Mais la plupart du temps, rien ne transperce cette membrane.

Il lui arrive de prendre des bains, de longs bains chauds d'hiver. Sans support musical ou éclairage spécifique. Prendre un bain le soir entre la vie quotidienne et la vie rêvée. Ce ne sont pas des espaces prémédités, souhaités pour prendre du recul sur la vie et constater le marasme dans lequel on est enfoncé. Non, il s'agit de ces bains innocents avec aucune arrière-pensée, que celle de se laver longuement car il fait froid.

Elle se fait toujours prendre, car c'est au moment où, mine de rien, alors qu'elle ferme le robinet et qu'elle s'étend dans l'eau fumante, pouce par pouce pour acclimater sa peau à la brûlure de l'eau, qu'elle s'aperçoit : Elle.

Elle s'observe dans sa ridicule et/ou grandiose enveloppe de femme. Submergée, noyée. Fataliste et complaisante. Dans la baignoire, le plastique ne tient pas le coup. La fine pellicule qui la protège illusoirement remonte à la surface.

Comme une mare de déchets, comme quelque chose qui fut utile et propre à la consommation et qui se désintègre. Elle voit à ce moment sa résistance flotter, à fleur de peau de l'eau. Sous cette fine pellicule transparente qui recouvre l'eau de la baignoire, sous cette laque mobile apparaît son corps vulnérable, son corps demandant.

Madame Bovary, c'est Elle.

Elle est cette héroïne idéaliste réincarnée, vierge et pleine d'espoir, désillusionnée et fumante. Elle rêve d'aimer en soubresauts, passionnément, des hommes intègres et entiers au bord de ruisseaux. Elle rêve qu'on lui presse délicatement les mains sous des fourrures dans une carriole. Elle rêve de messages doux laissés entre deux pommes dans un panier de fruit. Elle rêve de mariage immaculé, de passions ardentes et vertueuses, qui ne le demeurent plus lorsque le cœur s'ébranle. Elle rêve de corsets qui se dénouent dans la lueur des jardins au crépuscule de lunes éternelles.

Elle est Madame Bovary.

Elle veut rêver et croire pendant un moment que cela ne compte plus de se compromettre, que cela n'est pas faible d'aimer et de demander l'amour de l'autre, que le fait de donner son corps fasse sens et soit un acte irrévocable et précieux.

Elle est Madame Bovary.

Elle s'observe dans le bain, sous la transparence de l'eau. Elle est ratatinée. Son corps est plus large et ondulant qu'à la normale. Sa vraie nature se révèle. Elle est Madame Bovary.

Ce grave moment de lucidité lui est gracieusement offert par l'Association québécoise des jeunes femmes trentenaires célibataires, le A.R.K.F.U.C.K.

SIX JOURS
EN ÉTÉ
POUR UNE
FEMME
FROIDE

Il arrive que Justine porte son nom comme un obstacle. Si elle s'était orientée vers une carrière technique – boulot stable, salaire dans la moyenne, weekend de ski, piscine hors terre, voiture récente, vêtements Jacob et Banana Republic –, si et seulement si Justine avait choisi de mener ce type de vie rangée, personne ne relèverait le caractère particulier de son prénom. Puisque Justine eut à vingt ans la conviction que sa vision de l'histoire de l'art lui permettrait d'en faire un métier, elle s'est insérée parmi un groupe d'individus capables de lier régulièrement son nom au personnage du marquis de Sade. Ainsi, par lassitude envers ces fréquentes allusions libertines, la veille de ses trente-cinq ans, Justine a décidé de mettre sa vie en ordre. Elle considéra d'abord investir les deux mille dollars nécessaires pour modifier son prénom. Choisir Anna, Chloé, Karine, des noms simples, discrets, libres de symbolique aliénante. Cette fausse bonne idée dura le temps d'une soirée, d'une nuit, d'un café. Deux mille dollars, c'était une forte somme. Près du septième de ses revenus compilés par divers emplois soumis aux humeurs des organismes subventionnaires. Devant sa tasse vide, Justine se trouva idiote. *Comme si magasiner un nouveau nom allait régler le problème fondamental. Sans parler que je n'ai rien à voir avec la Justine de Sade.* La mine sombre, mal éveillée, Justine médita sur la nature de son problème. Trente-cinq ans depuis le lever du soleil. Même appartement depuis six ans. Seule. L'envie du maternage l'avait prise au début de la trentaine, à la manière d'un argument hormonal sans conviction réelle. Alors que ses rares amies et nombreuses collègues imploraient la moindre icône de fécondité, Justine ressentait un lointain besoin de catinage, une curiosité abstraite à l'idée d'avoir un locataire dans l'abdomen. Au fil du temps, de réfutations en négations, elle transforma la question en un simple souci, une inquiétude biologique banalisée, signalée par un pincement utérin mensuel, précédée d'une semaine de serrements de dents et de patience cassante. *Ce n'est pas parce que mon ventre dit bébé que le cerveau dit maman, question réglée.*

En ce matin d'anniversaire, Justine se demandait quelle vie elle désirait pour les années à venir. Elle considéra la semaine libre qui s'annonçait. *C'est le temps de faire du ménage.* En trois appels téléphoniques et deux textos, les cinq jours suivants étaient organisés. Une journée dédiée à chacun de ses cas problèmes. *Et samedi, j'aurai qu'à décider... mettons.*

* * *

Lundi. Après un repas normalement arrosé, un minuscule joint fumé, un échange de baisers ludiques et sensuels, ainsi qu'une baise aux sensations convenables, Justine et Luc restent allongés, jambes emmêlées, sur le sofa du salon.

Luc, je pense qu'il faudrait qu'on se parle.

À propos de quoi ?

Ben, tsé, parler.

Luc regarde Justine avec un air de gerboise inquiète. Il subodore le déploiement d'un piège qu'il croyait impossible avec cette femme. Sans enthousiasme, il déclare être à l'écoute.

Je veux pas avoir l'air plate, mais, tsé, j'ai trente-cinq ans...

Depuis quand ?

Hier.

Savais pas. Bonne fête en retard.

Ouais, c'est ça... Ben, merci, je veux dire.

Je peux peut-être te faire un petit cadeau ?

Luc glisse ses yeux vers l'entrejambe nu de Justine en léchant ses lèvres. Justine estime son idée acceptable. Sans plus de cérémonial ni de parade amoureuse, Luc enfouit sa tête entre les jambes de Justine. Alors qu'un fin chatouillement tend ses muscles fessiers, elle décide d'animer l'idée qui pointe en son esprit. *Et si c'était juste ça avec lui ? Si c'était juste le cul. Après tout, on n'a jamais fait autre chose. C'est vraiment ça que je veux ? OK, il est pas vieux. Pas encore trente-et-un. Il baise avec d'autres femmes aussi. Des plus jeunes, j'imagine.* Justine émet quelques gémissements polis, la langue de Luc la titille, sans plus. *Comme baiseur, ça va. Pour les cunnis, il devrait prendre des cours... De toute manière, à quoi je peux m'attendre de ce gars-là ? C'est un ti-cul, un ado ridé. Je*

95

comprends même pas pourquoi il baise avec moi. *Je suis pas si belle, j'ai les fesses molles, deux-trois varices sur les cuisses, pas de seins... OK, mon visage est correct, mais rien à voir avec les petites filles à qui il donne ses charges de cours.*

Luc... j'veux juste savoir... Qu'est-ce que tu me trouves ?

T'aimes pas ça ?

Non non, j'pense juste à plein d'affaires.

T'aimes pas ça.

Ben non là... je veux dire... scuse moi... je dois être fatiguée.

Je continue ?

Oui, oui.

Justine se souvient de l'entente passée avec Luc au premier matin passé ensemble. C'était une question de baise, sans plus. *Pas d'attache. Rester ouverts aux possibilités. Remplir un besoin de chaleur humaine. De toute manière, on s'est jamais vraiment parlé. C'est sexe, comme relation. C'est fait pour passer, comme n'importe quoi.* Justine regarde la tête de l'homme qui lèche son sexe. Ses cheveux blonds se mêlent à ses poils pubiens. Elle ne jouira pas, bien que Luc sera convaincu du contraire. Il viendra l'embrasser sur la bouche, lui souhaitera bonne fête et dira qu'il doit partir, prétextant un rendez-vous matinal.

* * *

Mardi. Restaurant de sushi abordable, puisque le prochain contrat de six mois n'est pas encore signé. Justine attend le retour de son *backup*, parti aux toilettes depuis cinq minutes. Justine aime bien son *backup*. Amitié qui remonte à l'université, un cours sur l'histoire de la photographie.

L'homme travaille pour une boîte de pub, bon salaire, mauvais horaires. Les années où ils se retrouvent célibataires, ils se font une soirée sensuelle. Parfois, ils cheminent jusqu'au sexe, mais jamais sans être passés par de longues conversations, des échanges de massages et plusieurs bouteilles de vin. Le *backup* de Justine est un type bien, agréable, sensible. Taille moyenne, visage régulier, musculature discrète, cheveux bruns, yeux bruns, souliers noirs. Lorsqu'il marche sur le trottoir, les seules personnes qui remarquent sa présence sont ses amis, ses amants ou les nombreux membres de sa famille. Autre fait non négligeable, en général, son *backup* penche du côté des hommes.

Coudonc, c'était ben long.

Oh, j'ai croisé un gars que j'avais pas vu ça fait un bout.

C'est son numéro de téléphone que t'as d'écrit dans la main ?

Backup sourit. Un peu gêné. Clin d'œil à l'appui, l'homme au numéro de téléphone passe tout près, laissant un air rêveur au visage du *backup*.

Ça, c'est un beau petit cul.

Pas pire.

De quoi tu voulais me parler, chère ?

Bah, j'ai juste l'impression que j'vais finir toute seule...

Bon, bon, bon... La crise de la trentaine en retard... Écoute, ma belle, ce qu'on s'était dit, ça marche toujours. Si à quarante ans on est pas casés, on se met ensemble... C'est clair qu'on serait pas un couple modèle, mais au moins on serait plus tout seuls... Tsé, je te comprends des fois... Courailler, ça devient répétitif, comme aller au magasin pour acheter du linge... On change les couleurs pis le style, mais ça reste du linge... Mais en même temps, c'est le fun avoir des nouvelles affaires... En tout cas... Si on trouve rien d'autre, moi, j'le sais qu'on ferait la job...

Faire la job. Hostie que t'es romantique.

Prag-ma-tique. C'est ça qui runne le monde... Pis c'est pas comme si t'étais mieux.

* * *

Mercredi. Justine ignore pourquoi la conversation avec son *backup* l'a déprimée. Elle s'est levée avec l'impression d'un vide au plexus, comme si son cœur était parti en vacances. *Le cœur, le cœur, c'est pas une fabrique à sentiments. Le cœur, c'est une pompe à sang.* L'achat d'un café latte n'avait pas arrangé cette grisaille matinale. L'air dépité, verre de carton en main, elle marche sur la montagne vers le belvédère d'observation où l'attend Mylène. *Trois mois... non, quand même pas... deux mois qu'on s'est vues.* Mylène porte un paquet. Elle envoie la main.

Joyeux anniversaire, ma belle!

Baisers sur les joues, brefs contacts semi volontaires des lèvres. Mylène rayonne autant que le soleil matinal. Cheveux dépeignés avec soin, vêtements de friperie, souliers vintage, lunettes sorties des années soixante. Le paquet qu'elle dépose dans les mains de Justine a la forme et le poids d'un livre. Le papier brun entouré de ficelle brute n'offre qu'une brève résistance. *Wow...* Une édition des *Liaisons dangereuses* datée de 1872. L'objet a souffert, ses pages sont constellées de taches couleur rouille. Une douce chaleur envahit la poitrine de Justine et monte jusqu'aux commissures de ses lèvres, désormais tournées vers le haut. *Chère Mylène.* Elle repense à leurs conversations de l'hiver dernier. D'une rencontre à l'autre, le sujet restait le même. Leurs conquêtes, petites débauches ordinaires et amourettes de passage. Mylène parlait de ces femmes avec qui elle partageait une nuit ou deux, ces autres qu'elle gardait comme des buts lointains, presque inaccessibles. Justine n'était pas en reste dans ces histoires : un homme de ci, garçon de ça, grand lécheur et obsédé des pieds, tout y passait, sans pudeur ni invention. C'était Justine qui avait mentionné que ces discussions lui rappelaient celles de la marquise de Merteuil et du vicomte de Valmont. Aussitôt, Mylène avait indiqué que ces deux personnages avaient d'abord été amants. « Si je me souviens bien, la marquise avait été la seule à tenir tête à Valmont... tu me tiendrais tête, toi ? »

Justine caresse la couverture de l'objet centenaire. Il sera logé dans sa discrète collection de livres anciens, au-dessus de son bureau. « Merci Mylène. Merci vraiment. »

Autres baisers. Plus de lèvres que de joues, cette fois. Mylène a des points lumineux à la place des pupilles. *Elle lâchera jamais...* Par prudence, Justine préfère ne rien mentionner de ses tracas actuels. *L'occasion serait trop belle pour qu'elle revienne à la charge... et je suis pas prête... pas pour ça.* Justine écoute Mylène parler de sa résidence à Lyon, des expositions qu'elle prépare pour l'année qui vient. Elle l'invite à rédiger le texte de la monographie qu'elle négocie avec un éditeur. *Tellement généreuse... si j'étais vraiment lesbienne, j'hésiterais pas.*

Justine croit que son amour pour Mylène a quelque chose d'un parasite vorace, logé entre ses intuitions et ses pensées. Un sentiment alambiqué où ses lèvres et sa peau rougissent alors que ses pieds, eux, reculent. L'unique soirée où elles ont fait l'amour demeure un souvenir marquant, oscillant entre timidité, maladresse et tendresse sincère. D'un autre côté, les sentiments de Mylène sont d'une clarté éblouissante.

Comme avec sa collection d'amantes... Mylène dit patienter sans attendre, certaine que le temps jouera en sa faveur. Elle s'approche. Un de ses seins se presse contre l'omoplate de Justine. Elle glisse une main délicate sur sa nuque, enfouit quelques doigts à la frange de ses cheveux. Justine réprime le doux frisson qui ponctue sa respiration de subtils tressaillements. Son cellulaire programmé pour signaler une alerte d'agenda envoie un signal aigu, presque strident. Justine le sort de son sac sans pour autant s'éloigner de Mylène.

Oh non... pas déjà dix heures.

T'as un rendez-vous ? Mmh, c'est vraiment dommage... J'y pense, tu pourrais venir chez moi en fin de semaine. Un beau souper de fête, ce serait charmant.

Justine bredouille qu'elle ignore si elle sera libre. Le livre sous le bras, elle se détache de Mylène, les joues et les lèvres rougies. « On s'appelle, OK ? »

* * *

Jeudi. C'était prévisible. Une heure de retard. *Enfin...* Martin entre dans le café et s'excuse. Justine lui fait signe qu'elle ne souhaite pas entendre ses excuses. Il insiste. Crise de sa fille chez la gardienne, pont bloqué, stationnement impossible. Bref instant silencieux, regards fatigués. L'homme reste beau dans son empressement. Le temps d'un klaxon dans la rue, il sourit, devient magnifique, conquérant. Son cellulaire sonne à nouveau. Il prend l'appel. Retard au bureau. Problèmes. Martin regarde vers le plafond. Il s'excuse. La rencontre ne dépassera pas cinq minutes. Justine regarde cet homme rasé de près, cravaté en vitesse, déguisé en personne sérieuse. Elle l'avait rencontré lors d'une réunion du conseil d'administration d'un centre d'artiste. Marié. Avocat. Leur aventure s'étire depuis deux ans. Écoute Justine... il faudrait... ah câlisse, lâchez-moi à matin! L'arrivée d'un courriel fait vibrer son cellulaire. Situation d'urgence. Plus de temps. Il doit déjà partir. Justine est sur le point de perdre patience. Elle le prend par la main d'un geste vif, comme si elle se préparait à le retenir de force.

C'est ridicule, Martin... Ça peut plus continuer de même.

Hein, quoi?

Nous autres. Ça marche plus.

Ben non là... j'suis juste... hostie... Écoute, je te téléphone samedi... non attends, pas samedi... dimanche matin. On va se parler... là, il faut que j'y aille...

Martin...

Je veux pas. Je veux pas qu'on arrête.

Il sourit et l'embrasse du regard. Seule trace d'intimité qu'il peut laisser paraître en public. Le voilà déjà parti. L'odeur musquée de sa lotion après-rasage n'a fait qu'effleurer le nez de Justine. *C'est plus une bonne idée... ça a jamais été une bonne idée.* Justine sait qu'elle ne pourra laisser l'avocat aussi facilement. Il reviendra la convaincre, armé d'arguments imparables qu'il glissera entre deux sourires, simples mouvements de ces lèvres obscènes dignes de figurer au panthéon des formes indécentes. *Son maudit sourire...*

* * *

Vendredi. Au contraire des rendez-vous des quatre premiers jours, celui d'aujourd'hui est prospectif. Artiste en pleine ascension, fin vingtaine. Spécialisé en installations vidéo, domaine de prédilection de Justine. Ils se sont rejoints dans un parc discret, lui fournissant le vin blanc, elle, les sandwichs. *Drôle de setting pour une première rencontre.* Au terme de cette étrange semaine, Justine ne sait plus pour quelle raison elle se retrouve à pique-niquer sous un chêne, en compagnie d'un étranger. *Il a de jolis yeux bleus, des lèvres épaisses. Pas un dieu, mais pas pire non plus.* L'invitation originale venait de lui, il était passé au centre d'artistes, avait joué le séducteur comme peu de Québécois savent le faire. Plus intriguée que séduite, Justine l'avait placé en bout de semaine, devinant que des tractations professionnelles pouvaient jouer dans cette rencontre. *Artiste montant veut séduire historienne de l'art...* Au-delà des rapports professionnels, Justine était curieuse de savoir combien de temps durerait l'attitude conquérante du type, comportement qu'elle aurait cru normal s'il avait été italien, grec, hispano, portugais ou maghrébin.

La conversation sous l'arbre n'est pas mauvaise. L'artiste fait preuve d'un humour calibré, d'un sens critique à point. *Un peu volubile, mais correct.* Il ne dit rien à propos de l'article qu'il souhaiterait avoir; il évoque ses récents échecs amoureux, la maîtrise qu'il termine, ses préoccupations environnementales, sa préférence pour la nourriture biologique. Justine l'écoute sans trop y croire, plus occupée à déterminer combien de temps elle restera en compagnie de cet homme.

Mais là, on parle juste de moi...

J'suis du genre discrète à mon sujet.

Pourquoi ? Parce que d'habitude, les femmes, me semble...

Je ne suis pas « les femmes ». Pas du tout.

Le bref silence qui suit cette réponse laisse place au bruissement de la brise dans les feuillages. L'artiste plisse les paupières. Il fixe une rangée d'appartements en bordure du parc.

Ça va te paraître niaiseux, mais je venais jouer ici quand j'étais petit.

Pourquoi ce serait niaiseux?

J'sais pas... J'ai plein de souvenirs ici.

Le jeune artiste laisse ses yeux plongés vers la rangée de maisons, l'air nostalgique. *Je savais que ça finirait par s'effacer, son air de conquérant... et en plus, il la joue sensible... m'inviter dans le parc de son enfance... tellement cucul... Faut que je décolle d'ici... ça devient ridicule.*

Justine s'invente une tâche urgente et s'excuse à demi. Le jeune homme dit comprendre et l'embrasse sur les joues d'une manière presque fraternelle. *Encore un bon ti-gars qui joue les vrais hommes. Pathétique. Jouer le sensible pour rattraper une gaffe... n'importe quoi.*

De retour à son appartement, Justine repense aux paysages de son enfance. Elle revoit un arbre, un tournant de rivière. Dans ce souvenir, elle n'est plus tant une enfant qu'une jeune femme. Elle se demande pourquoi les gens sont si durs. Elle regarde l'eau stagnante de la rivière qui ne renvoie pas de reflet. Aucune réponse ne vient.

Bref rappel au moment présent. Une démangeaison l'oblige à trouver un miroir. Une piqûre de moustique sur l'oreille. *Les parcs...* Justine repense à son visage de jeune fille. Ces traits autrefois doux, ces yeux moins tristes. Le vin blanc bu en vitesse a provoqué un début de mal de tête. «Pis toi, ma grande... t'es devenue quoi... qu'est-ce que tu cherches?» Justine repousse son reflet en ouvrant la porte de sa pharmacie. Deux Advil, verre d'eau. Dans la cuisine, deux bouteilles de vin rouge sont au garde-à-vous. Vestiges intacts de la soirée de lundi. *Quitte à me taper un mal de bloc, aussi bien avoir une bonne raison.*

* * *

Samedi. Lendemain de veille crasseux. Pénibles conditions pour faire le point. Dans son sommeil éthylique, Justine a rêvé d'un magasin d'amants. Chaque rangée déterminait les styles. Brutes, pervers, hommes roses, bons gars, salauds, sincères, à marier. *Si ça pouvait être aussi simple.* Justine avale deux Advil et deux Tylenol. Aucun des choix de partenaire ne correspond à ce qu'elle désire. *C'est le meilleur de tout ça que je veux. C'est pas compliqué, crisse.* Justine ignore comment cet assemblage idéal pourrait s'incarner en une personne saine d'esprit. *Et encore, même si c'était possible, il serait pas célibataire!*

Assise sur son lit, Justine s'interroge sur les chaussures qu'elle portera. Elle regarde les différentes hauteurs de talons, les trous du tissu de ses vieilles Converse, les lacets rouges de sa plus récente paire, les taches de terre sur ses sandales. La pluie tombe sans relâche depuis son réveil. Dehors n'est pas une option. Justine regarde ses souliers rangés par paire. Le plancher reste collant sous ses pieds nus. Justine comprend qu'elle ne règlera rien aujourd'hui. «Y'a rien à régler, de toute façon.» Elle passe à son bureau, relève l'écran de son ordinateur, jette un œil sur le cadeau de Mylène, le temps que sa connexion s'active. Aucun courriel. Sur Facebook, elle analyse son profil. À la catégorie «couple», elle change la mention « c'est compliqué » pour « dans une relation libre ». Un ami dont elle ne connaît presque rien commente aussitôt : « Mais une relation libre, c'est compliqué. » Lasse, Justine se lève, ouvre sa porte d'entrée pour mieux écouter la pluie. Sur le balcon, un jeune chat est venu s'abriter. L'animal sans collier la regarde. Il semble affamé. Un bout d'oreille lui manque. D'un geste de la main, sans réfléchir, Justine le chasse. Le jeune chat court se réfugier sous une voiture immobile. Elle reste au pas de sa porte le temps que les médicaments réduisent son mal de tête. Elle voit le jeune chat traverser la rue, à la recherche d'un autre balcon. *Un chat. Je pourrais m'acheter un chat... c'est pas fou comme idée... ça coûte combien, un chat ?*

LES
SEMEURS
DE DOUTES

Dans mon livre du moment, ils disent que c'est en se concentrant qu'il faut épingler les vêtements. Pour éviter que notre inconscient s'affole comme des draps sur la corde à linge.

«T'exagères», dit la voix de sœur Anne.

Les Sœurs ne savent rien des fils invisibles reliant femmes et hommes, elles ne sont pas marionnettes du désir humain. Elles vivent sans hommes sur qui veiller, sans être veillées par eux non plus. Cela doit être difficile, surtout à l'heure des repas. Et puis, il faut faire des choix : moi, je reste concentrée sur ma tactique de répétition.

«Rien qu'un regard, ou une nuit», continue la voix.

Sœur Anne semblait plus coquine que moi. Elle disait : «Va jouer dans le feu et laisse la corde à linge tranquille.»

Non, je n'écouterai pas une femme au nom qui se prononce «âne» et qui raisonne comme un mulet. Ce n'est pas parce qu'elle s'adresse à moi qu'elle me parle. L'amoureux est parti alors il faut mettre tous mes efforts dans le même panier. Je ferai comme si j'étais toujours en couple et serai fidèle au prochain qui viendra. Refuser toutes les invitations en attendant que le successeur passe par ici. N'accorder aucune importance aux passants accélèrera le processus. Continuer à laver ses vêtements comme ils disent dans le livre que je me suis fait livrer par courrier prioritaire.

Je continuais à m'occuper du disparu et je lisais des ouvrages sur les lois du mariage et sur les moyens d'arriver au dais nuptial prisé. Vers minuit, toujours, j'accrochais son jean oublié chez moi sur la corde à linge, une cigarette au bord des lèvres pour imager le temps qui brûle devant la bouche des femmes. Je demeurais concentrée, surtout au niveau des poches : ça séchait plus vite quand on les sortait de leurs gonds.

Laissez un tiroir vide dans votre commode pour faire place à l'amour, pour attirer vers vous le partage d'un quotidien avec l'être aimé.

Les phrases des livres de poche avaient presque toujours raison, j'en étais persuadée, mais je décidai tout de même de ne pas vider mes meubles. Une fois son pantalon séché, je l'insérai entre mes jupes.

Dans votre vie, vous aurez deux chances de trouver l'âme sœur. Si celui que vous pensiez être votre futur époux a fui, ne vous affolez pas. Chaque âme sur Terre obtient une seconde chance.

« Tu vois bien que le mensonge est partout ! »

Sœur Anne lisait par-dessus mon épaule. Elle se moquait de moi. Je ne la voyais jamais arriver, cette vicieuse, mais elle apparaissait toujours au moment même où j'ouvrais mes livres au papier brun, traduits de l'américain par une femme divorcée. Même si elle n'était pas devenue religieuse, personne n'aurait voulu d'elle. Elle se vengeait sur moi en m'intimidant. Je parle de la sœur, pas de la traductrice. Il n'avait laissé que cette paire de jean bleu défraîchie. Je la lavais chaque jour. Deux fois par jour la fin de semaine et les jours fériés.

Ne changez pas vos habitudes domestiques. Faites comme s'il n'était jamais parti. Et votre bien divin réapparaîtra.

Bourricot continuait :

« Tu crois à ces affaires-là, toi ? »

Je faisais semblant en boucle, tellement que son vêtement avait commencé à déteindre et à s'effilocher. Je n'étais pas sûre que les trucs des conseillères matrimoniales en format poche donnaient des résultats quand la femme s'améliorait dans son rôle plutôt que de perpétuer celui qu'elle tenait déjà. Si tel n'était pas le cas, j'étais foutue : je n'avais jamais fait sa lessive avant son départ. J'avais commencé à me dévouer une fois qu'il avait pris l'avion.

« Il ne reviendra pas, disait la voix de sœur Âne. Ni lui ni son remplaçant. S'il est parti, ils partiront tous. »

Dans la catégorie hygiène corporelle, il avait aussi laissé sa mousse à raser dans ma salle de bains. Je conservais la bouteille sur l'étagère et je lui achetais des lames tous les mois. Je jetais celles qui n'avaient pas été utilisées à mon retour de la pharmacie. Je gaspillais beaucoup d'argent pour mon disparu, mais comme l'écrivaient Brenda, Connie ou je ne sais quelle Pearl, je ne devais en aucun cas agir comme si je vivais seule.

Essayez d'éviter le plus possible de fréquenter des hommes qui vous plaisent à moitié. Vous détourner de votre but principal, ne serait-ce qu'un instant, vous ferait perdre un temps précieux. Même s'il n'y a aucun contact physique, il faut crier gare à l'infidélité émotionnelle.

Dommage. J'aurais pu faire profiter mes achats inutiles à mes histoires d'un soir. Le matin, ils auraient pu faire leur toilette sans avoir apporté leur trousse. Mais non, partager des produits de base avec des inconnus n'était pas l'essence de ma démarche. Mon but était de trouver un époux. Pendant ce temps, la sœur s'époumonait dans des braiments.

«Celui qui t'a dit que l'âme sœur existait n'était qu'une voix dans ta tête!»

Bien vite, j'en ai eu assez des best-sellers écrits par les graduées des grandes écoles de gestion. Surtout que sœur Anne se faisait de plus en plus insistante idéologiquement. Comme si j'avais besoin d'elle! Hi-han! Fallait-il réellement que je me forge un personnage avec un voile de nonne et une carotte au bout du bâton pour me décourager? Les femmes de mon entourage immédiat avaient pourtant relativement bien réussi dans le domaine de l'aigri.

Sœur Poilue sur l'épaule, je regardais ma collection des Éditions Invest-Luv rangée sur la première tablette de mon étagère.

Comment trouver le vôtre en 90 jours
Votre âme sœur est quelque part : dénichez-la !
Attirez l'homme de vos rêves en 12 étapes faciles
À la fin de chaque livre, il y avait un supplément avec des affirmations positives à répéter et des trucs pratiques. Même après les avoir appris par cœur, le tiroir de ma commode était toujours sans boxers. Sœur Anne était contente : cela faisait maintenant deux semaines que je n'avais pas acheté de guides psycho-spirituels. Elle croyait qu'elle m'en avait sevré.

«Tu vois, là, que tu te sens mieux quand tu te sers de ta logique et que tu y vas avec le gros bon sens?»

Elle avait un ton gentil. Celui qui, avec assurance, essaie de gagner du terrain. Celui qui dit : «Tu n'as peut-être pas exactement ce que tu veux en ma compagnie, mais au moins je ne te traite pas comme de la merde.» Sans lecture pour m'apaiser, j'entendais plus facilement sa voix de sœur à quatre pattes. Pire encore, elle me parvenait à une fréquence insistante. Il fallait que je trouve un autre moyen de la mettre sur *mute*. Puisque les autres femmes étaient aussi peu encourageantes qu'elle, parler avec des consœurs chercheuses de joie durable ne m'intéressait guère. La seule solution que j'envisageais était de me remettre à lire. Tout d'abord, une petite brassée de jean pour me remettre à flot. Et puis... lire quoi? Je devais trouver une veine littéraire qui me conforterait dans mes croyances. La nonne soupirait :

«Bon! Ça recommence!»

Pendant que je mettais le savon dans la machine, je me disais que je n'étais pas peu fière : sa voix dénotait une parcelle de découragement haineux. Après mûres réflexions, plusieurs minutes d'essorage et exactement quatre secondes d'épinglage, je me dis que puisque j'avais toujours préféré trouver conseil auprès des vieilles (surtout celles situées à l'opposé mental de sœur Âne), c'est auprès des vieux livres que je devais trouver refuge. Il fallait donc visiter les sous-sols d'églises, les ventes de garage et les salons de livres anciens à la recherche de traités sur la vie conjugale et de recueils de textes pour les célibataires finies et gravement désenchantées de plus de 24 ans.

Après mûre réflexion, ma première recherche m'amena au marché aux puces. Malheureusement pour mon futur, sœur Anne s'était réveillée en même temps que moi.

«Vas donc magasiner comme tout le monde! On sait tous que les beaux gars se tiennent dans les centres d'achats la fin de semaine!» Il y avait plusieurs types de vendeurs au marché aux puces et je ne savais pas à qui m'adresser. Parce qu'elles semblaient avoir des secrets aux creux des rides, je choisis de me diriger uniquement vers les vendeuses aux cheveux poivre et sel, surtout si ça tirait vers le sel. Je payais deux fois le prix du livre à celles qui avaient des têtes complètement blanches. Pour la chance.

Samedi suivant, sous-sol d'église. Malheureusement, je n'étais jamais seule. Sœur Anne me suivait à chacune de mes escapades livresques. Dès que je me dirigeais vers un kiosque, elle lançait: «Voir si une mémère de même va pouvoir te donner des conseils sur l'amour! Fais comme les filles de ton âge, pis va donc veiller dans les bars au lieu de passer ton temps dans les sous-sols d'églises! Les gars sont disponibles quand il fait noir, pas quand il fait clair.»

Selon cette pute asinienne, je vivais du mauvais côté du jour. J'avais la face de la lune démodée. J'étais pourtant persuadée qu'à long terme, les vieilles souterraines m'apporteraient plus que la danse. D'autant plus que je continuais à laver, chaque jour, le jean oublié. *La discipline dans le comportement attire comme l'aimant.* Où avais-je lu ça déjà?

* * *

Selon sœur Anne, j'étais *coupable*. Elle tentait de me couper de mes attentes confiantes. J'imaginais un corps de femme sec, jamais pénétré. Pour elle, je n'étais qu'un matériau à trancher de ses rêves amoureux, à décoller de ses chances au bonheur. À ses yeux, pour survivre, je devais me transformer en un organisme vivant coupable de ses aspirations. Elle était la Voix débitée d'affect. Une litanie de déceptions. Quand j'étais heureuse, elle disait : « Me semble, ouin ! Tu penses vraiment que ça va durer ? Si tu savais ce qui t'attend, ma p'tite fille ! » Sœur Anne était un gros *NON* en habit de moniale. Amertume voilée provenant de la grande famille des semeurs de doutes. Le défaitisme-bourriquet arborant un visage de grand-mère de conte.

* * *

Contrairement à leurs précurseurs, les livres de spiritualité nouveau genre affirmaient sans hésitation qu'il fallait passer par plusieurs étapes avant de trouver l'amour. Il s'agissait souvent des quatre mêmes : faire un nettoyage intérieur; trouver l'enfant en soi, puis lui signifier gentiment qu'il pouvait prendre la poudre d'escampette puisqu'on était à présent assez mature pour fonder sa propre famille; prendre conscience de la souffrance résultant de l'éducation offerte par nos parents afin de se rendre compte de tous les trésors qu'ils nous ont légués; faire un tableau affichant tout ce que l'on devrait changer pour accéder à notre destin.

Laissez aller le passé afin de faire place à un futur rempli d'amour et de joie.

Combien de livres à lire et de graphiques à dessiner pour trouver quelqu'un avec qui partager si peu de temps libre ? Et pendant tout cet assainissement, voilà les voisins de tous ces jeunes célibataires-liseurs qui marchent dans le parc du coin, main dans la main. Se demandent-ils si les couples du temps jadis ont fait leurs inventaires eux aussi ? La fausse

Sage-sœur ne se gênait pas pour me crier dessus chaque fois que les anciens marchaient devant moi.

« Tu penses qu'ils sont heureux, ces ignorants-là ? C'est parce que tu ne vois pas ce qui se passe derrière les portes closes. Ça doit être l'enfer ! »

Le problème avec ce baudet était que je ne pouvais pas lui répondre même s'il passait toutes ses journées avec moi. Elle m'accompagnait partout, mais quand il y avait des livres, c'était pire. Là où il était question de lecture, sœur Anne se montrait encore plus prompte à détruire mes espoirs. Elle était comme un signet destructeur m'empêchant de tourner les pages de ma prospection.

Énième vente de garage de l'été. Je cherchais conseil sous les balcons de femmes inconnues. À part celles à qui je donnais un ou deux dollars, personne ne m'encourageait à m'adonner au sacrifice du mariage. Elles étaient généralement assises sur un petit tabouret et attendaient les célibataires. Elles nous détectaient tout de suite. Chez les veuves qui n'avaient plus à se soucier des conseils écrits, je trouvais des réponses. Des petites clés en papier, en quelque sorte. Je n'osais pas leur demander si l'amour en valait la peine, de peur qu'elles s'appellent Anne. J'oubliais intentionnellement pourquoi elles s'étaient débarrassées de tels livres. Voilà pourquoi j'avais décidé qu'elles étaient toutes veuves, car si elles n'avaient plus besoin de leurs guides, c'est parce qu'elles avaient déjà accédé à la réussite matrimoniale.

Espérez donner à votre époux plutôt que de recevoir de lui. Car tous les efforts que vous mettrez sans compter vous reviendront au centuple. Cessez de calculer les sacrifices offerts et vous obtiendrez le bonheur.

La différence entre cette génération d'ouvrages et la contemporaine était qu'alors on ne se demandait pas si celui qu'on avait trouvé était l'homme idéal. Jadis, les gens qui écrivaient sur la question du mariage prenaient pour acquis que la noce était terminée et que l'on en était à la simple étape du fonctionnement du couple. De nos jours, tout le travail se fait avant le mariage : il faut trouver soi-même. Et c'est ça le plus difficile.

« Tu te perdras dans ces supposés sacrifices... Pense à toi d'abord : tu le mérites ! Tu travailles tellement fort au bureau. »

Les conseils de la vache en forme d'âne ressemblaient de plus en plus à une publicité de fond de teint. Un soir, en m'approchant du stand d'une de mes veuves, je remarquai un large morceau de tissu foncé. Je m'approchai pour comprendre que c'était une peluche grise. Je soulevai le tout et trouvai une sorte de costume d'Halloween pour adulte : c'était un grand âne.

« C'est un ancien costume de théâtre, ayant appartenu à feu mon mari.

— Vendu ! » lui dis-je.

Et j'ai pensé à sœur Anne, avec l'accent circonflexe d'animal sur son « A » majuscule. Il faudrait bien la liquider un jour, celle-là. La vendeuse avait dit « feu », j'avais donc raison : elle était veuve. Et elle attirerait du bonheur sur moi.

Soudainement, un bruit de plastique qui se froisse. C'était un monsieur distingué qui ouvrait un sac-poubelle vert format jumbo. En un temps record, il y a engouffré tous les livres à un dollar. Quelques-uns à vingt-cinq cents aussi. J'ai aimé la façon dont son sac dévorait le savoir. Il achetait chez les veuves lui aussi. Même les *Harlequin* et les *Comment attirer l'abondance dans toutes les sphères de votre vie* y passaient. Il devait être un gars doux. Bien sûr, les sacs-poubelle, ça faisait quelque peu cavalier comme endroit où mettre les conseils matrimoniaux des vieilles. Mais ma perception changea lorsqu'il dit à une présence fantasque : « Foutez-moi la paix enfin, mon frère ! », alors qu'il n'y avait que nous dans un périmètre de cinquante mètres carrés.

Je me suis dit qu'il était certainement aux prises avec un parent de sœur Anne. Peut-être de la congrégation des équidés, certainement de la grande famille des semeurs de doutes. Cette pensée m'a touchée. Et puis, je me suis dit qu'il n'y avait qu'un bibliophage pour comprendre un autre bibliophage. C'est dans les livres qu'il faut chercher l'amour. Oui, je comprenais le monsieur qui parlait tout seul derrière son sac à ordures. Pendant ce temps, je traînais la carcasse de tissu gris.

Il a accepté mon invitation à venir lire chez moi, puis s'est dépêché de dire au frère Invisible qu'il savait ce qu'il faisait, qu'il était majeur depuis longtemps. 19 h devant la librairie d'occasion du coin, le lendemain. Sœur Anne chuchotait :

« Eh que t'es innocente ! »

Elle ne savait pas que ses heures étaient comptées. Le jour suivant, le monsieur est arrivé avec un autre sac-poubelle jumbo. Jaune orange celui-là : ça devait être pour les feuilles mortes.

« Excusez mon retard, madame, il y avait une vente de sous-sol d'église près de chez ma marraine.

— Et elle habite où, votre marraine ?

— À trois heures de route environ. »

Je me suis demandé si les livres suffoquaient dans le plastique et s'il y avait un risque qu'ils deviennent des paquets de feuilles mortes à la longue. La sœur de son frère se répétait : « Eh que t'es innocente... »

On a pris lui et moi chacun un coin du sac jumbo parce qu'il était lourd, et on a marché de la bouquinerie à chez moi. J'ai fait bouillir l'eau, on s'est installé à la table du salon pour un thé.

« Exagérez donc pas, mon frère : c'est juste une ombre ! » a-t-il dit, par-dessus son épaule, à un compagnon imaginaire. Je n'avais pas besoin de l'entendre : j'imaginais son frère aussi paranoïaque que mon âne.

« M'avez-vous parlé ? hésitai-je.

— Oui... euh, en fait, je me demandais seulement ce qui pendait dehors sur votre corde à linge.

— Bon ! Un autre malade ! Tu vois pas qu'il parle tout seul ? »

Sainte-Cruche avait une voix agonisante. C'était la fin et je gagnais. J'avais oublié d'enlever ce que j'avais étendu le matin même sur la corde à linge. Le gentil monsieur s'est levé en se dirigeant vers la fenêtre, puis j'ai remarqué qu'il avait un livre dans chacune de ses poches arrière en plus d'en tenir un dans chacune de ses mains. Une belle paire de jean à garder en cas de départ subit. Quoiqu'avec tous les conseils matrimoniaux qu'il lisait, j'avais des chances que ce soit du sérieux. Nous, les croyants, ne devions pas avoir peur des sacs-poubelle sortants et toujours espérer les sacs entrants. Ou même mieux, les boîtes pleines.

Pour le distraire de la corde à linge, j'ai proposé au galant monsieur de faire la lecture à voix haute. Trouvant comme d'habitude tous mes essais pour être heureuse en couple d'un ridicule à mourir, sœur Anne tentait de se révolter. Mais sa voix était désormais inaudible. En effet, je ne devais plus m'inquiéter d'elle, son règne achèverait dans les prochaines minutes. Plus précisément, je lui donnais jusqu'au prochain chapitre de *Ode à l'Amour Sacré* :

Si vous êtes certain d'avoir raison, arrêtez-vous un moment et pensez-y. La priorité du présent n'est pas d'arriver à vos fins égocentriques, mais plutôt d'accéder à la paix dans votre foyer.

J'ai su que le monsieur avait des chances de garder sur lui son pantalon lorsque j'ai vu qu'il lisait sur mes lèvres. J'ai entendu à ce moment même sœur Anne rendre sa dernière expiration à la vie. Comme s'il entendait dans ma tête lui aussi, mon invité a bondi hors de sa chaise et a ouvert la porte du balcon sans crier gare. Deux pas jusqu'à la corde à linge. Mes yeux sont restés rivés sur le livre de l'*Ode*. Ça porterait chance que je ne bouge pas. « Soit il va partir en courant, soit il restera d'aujourd'hui jusqu'à sa mort. » C'était ma propre voix que j'entendais cette fois-ci. J'avais lu un jour dans un livre une citation semblable qui m'avait donné un frisson d'un degré respectable.

« Mêlez-vous de vos affaires, vieux marabout ! » Je l'avais entendu chuchoter. Au frère, j'imagine.

— Madame ?

— Oui, monsieur ?

— Il y a une tête d'âne pendue à votre corde à linge. C'est normal ? »

Je l'avais arraché du reste du costume avec toute la vigueur de mon épuisement.

« Je ne pourrais vous dire si c'est normal, mon cher, mais je peux par contre vous affirmer que c'est nécessaire.

— Je vois. Dites-moi... auriez-vous un tiroir vide quelque part ?

— Pour votre jean ?

— Non, pour mes livres. »

LES MAINS D'ELENA CEAUSESCU

J'entrevoyais tous les actes dont j'aurais pu me rendre capable si la société n'avait jugulé en moi les pulsions, comme, par exemple, au lieu de simplement chercher le nom de cette femme sur l'Internet, décharger sur elle un revolver en hurlant :
Salope ! Salope ! Salope !
Annie Ernaux, L'occupation

Elle a brusquement relevé la tête en m'apercevant dévaler la butte, à bout de souffle, au retour de ma course matinale. «Une cigarette avec un corps attaché après», ai-je pensé en me remémorant les mots de Raymond Carver. Je ne sais pas depuis combien de temps elle était là, assise sur les marches instables du perron arrière de mon chalet d'été. Elle s'était peut-être éloignée du terrain de camping situé non loin pour me ramener Zoé et Nina Simone, mes chattes tigrées qui parcouraient des kilomètres de sentiers afin de revenir avec leur butin. Pensaient-elles me gaver, m'aider à retrouver les courbes de ma grossesse?

En m'approchant un peu plus près de la frêle jeune femme, j'ai vu les deux pansements blancs entourant ses poignets, au bout desquels pendaient dans le vide de toutes petites mains osseuses et blanches. Entre ses doigts aux ongles mal vernis, je fixais sa cigarette, obsédante. J'avais cessé depuis dix ans. Elle a dû lire dans mes pensées puisque qu'elle m'en a tendu une, un peu froissée, qu'elle venait de sortir d'une poche de son jean. J'ai compris qu'elle ne voulait pas me vendre des produits de jardinage. Peut-être s'agissait-il plutôt d'une de mes anciennes étudiantes. Elle avait ce regard rêveur et curieux que me jetaient celles pour qui j'éprouvais le plus d'affinités.

Avant que je n'ouvre la bouche pour lui demander comment je pouvais lui être utile de si bonne heure, elle a présenté, en dégageant des mèches de cheveux, un visage ovale, terne, fatigué. En un souffle, comme l'ultime joker, elle s'excusa :

«Je m'appelle Anaïs. Ma tante Martine m'a dit de venir vous voir.»

Martine, la grande perche blonde aux yeux candides, ma confidente des dix dernières années. Elle buvait mes récriminations sur la vie, écoutait mes lamentations, s'esclaffait quand je devenais trop intense, m'offrait café et mouchoirs pour que j'émerge de mes chaos. Je ne me rappelais même plus le son de sa voix. Elle m'admirait, je la prenais comme déversoir à émotions, affalée dans la chaise berçante de son minuscule appartement déglingué. Ça faisait deux ans qu'elle ne retournait plus mes appels. Comment aurais-je pu entendre parler d'Anaïs?

Difficile de vexer une suicidaire.

«Martine collectionnait vos photos, ai-je dit.

— Ma tante veut me sauver.»

Elle a rougi. Mais je devais bien cette faveur à Martine et, enfin, régler mes comptes avec le monstre d'égoïsme qui sommeillait en moi.

Anaïs a ajouté d'une voix brisée qu'elle écouterait tout et repartirait les neurones gorgés de nouvelles idées auxquelles s'accrocher. Plutôt que de terminer mon prochain article pour *Pensées modernes*, j'allais servir de respirateur artificiel à une désespérée qui sentait le chagrin d'amour. Parce que c'est bien de cela qu'il s'agissait.

Après leur trentième anniversaire, les filles jetées affichent cette mine à la fois butée et contrite, ce visage d'entre deux scénarios de vie, celui idéalisé à cinq ans à travers les contes de fées, et l'autre dans lequel les princes charmants restent des crapauds.

Ses pansements blancs m'ont rappelé l'urgence de parler. J'étais l'élue, l'ancienne poquée devenue saine, celle que Martine avait prise en exemple devant sa famille quand, attablés devant leur pâté de foie gras au Nouvel An, ces bourgeois d'Outremont discutaient de survivance et de recommencements.

Plutôt que de commettre l'irréparable, comme Anaïs, j'aurais peut-être moi aussi conduit la Jetta argentée de ma voisine et, pédale au fond, en écoutant une chanson triste, emprunté l'autoroute 20 jusqu'à Notre-Dame-du-Bon-Conseil pour visiter une presque quadragénaire défroquée de la déchéance.

Anaïs m'a vu sourire en fixant un papillon venu s'agripper au nylon de mon cuissard. Enfant, je les enfermais dans un pot de verre jusqu'à ce qu'ils meurent. Je ne faisais pas de trou en enfonçant la lame d'un couteau dans le couvercle métallique. Combien de temps pouvaient-ils tenir ainsi, privés d'oxygène ? Je prenais des notes sur mes observations dans un carnet rouge serti de faux diamants. Je préférais tout de même mon jeu « Course à la vie des chenilles jaunes et poilues ». Je les installais au milieu de la rue et je faisais des paris sur celles qui se feraient écrabouiller les premières. Je leur donnais même des prénoms, comme Martin, Philippe, Simon ou Bastien, des garçons de mon quartier qui n'avaient pas voulu sortir avec moi, juste me tâter un peu dans le sous-sol de leurs parents. Si Dieu existe, il m'a fait payer à l'âge d'Anaïs pour ces actes de barbarie entomologique, en mettant Ludovic sur ma route.

C'est de lui que voulait m'entendre parler Anaïs. Elle venait de s'asseoir sur la chaise rembourrée et rassurante que je réserve à ma vieille mamie. Ses mains tenaient avec fermeté les accoudoirs. Je m'étais habituée aux bandages. Déjà six cigarettes avaient été écrasées dans mon cendrier de fortune.

J'en ai fumé dix à l'heure, sans compter les joints, quand Ludovic m'a quittée après une année à faire l'amour. Quelques frissons restent d'ailleurs coincés quelque part entre mon cœur et ma tête, me font courber l'échine et me donnent la nausée quand j'y repense trop.

Chez lui, chez moi, dans ma voiture, dans des toilettes de bars et de restaurants, à la piscine publique la nuit : tous les lieux servaient de terrain de jeux à la purge de nos désirs voraces. Tant mieux si on nous surprenait, tant mieux si on nous enviait. À trente ans, après d'innombrables conquêtes nécessaires à l'hygiène mentale, nous mettions fin à nos nuits de débauche à se perdre dans des antres inconnus. Je pouvais baisser la garde, me consacrer à le séduire, lui seul, de jour comme de nuit.

Mes proches exultaient de me voir rangée, sereine, accomplie et éprise de celui qu'ils croyaient fort et intelligent. Très intelligent. C'était à la fois une qualité et un défaut chez Ludovic, qui maniait si bien les mots qu'il aurait su convaincre une coquerelle qu'elle était magnifique. Quand Ludovic vous observait, vous étiez la plus belle. Il y a de ces hommes qui fixent le temps, le figent dans un silence et immortalisent jusqu'à votre mort, dans un coin de vos souvenirs, le regard qu'il jette sur vous.

Ludovic faisait du cinéma avec chacune des secondes qui filait dans notre vie amoureuse. Il arrivait au beau milieu de la nuit, ivre, avec des fleurs cueillies chez la voisine, et je me liquéfiais. Il dégueulait dans l'évier de ma cuisine, je me dissolvais encore. Il écrasait la patte d'une de mes chattes en s'extirpant de mon lit le matin, je riais. Il envoyait balader ma meilleure copine, j'approuvais. Il brisait une tasse de porcelaine héritée de ma mère, je voulais le voir recommencer avec toutes les autres pièces de la précieuse collection. Il me parlait d'acheter une maison et de faire un bébé dans l'année, j'explosais.

Anaïs s'est mise à triturer une mèche de sa chevelure, a déposé ses verres fumés sur la fine arrête de son nez et m'a interrompue dans ma lancée en avançant son buste vers moi.

«Il vous a quittée.

— Oui. Pour une autre moins investie, plus jeune, plus légère.

— Et alors ?

— J'avais l'impression de respirer pour rien. »

J'ai vomi au réveil des 365 matins qui ont suivi cette rupture. Après le centième jour, le mouvement du muscle péristaltique s'était inscrit en moi comme un réflexe semblable à ceux qui se craquent les phalanges des doigts au saut du lit. J'expulsais une mousse jaunâtre avec une aisance déconcertante. Après, je me brossais les dents, j'appliquais du rose sur mes joues, du mascara sur mes cils et deux couches de gloss sur mes lèvres. Je brossais ma tignasse bouclée qu'il avait tirée à maintes reprises durant nos ébats. J'enfilais de beaux vêtements classiques, noirs la plupart du temps, et je partais faire semblant.

En me recouchant, chaque soir, je me demandais à quelle heure précise je vomirais le lendemain. C'étaient mes rêves que je rejetais dans les cuvettes en retenant mes longs cheveux. Sa peau basanée, ses lèvres charnues, ses Gauloise, nos parties de tennis, son rire devant mes imitations, son café noir sucré et sa queue pornographique disparaissaient lorsque j'actionnais la chasse d'eau, comme les pièces d'un casse-tête désassemblé.

Je ne dormais plus. Les fantômes qui habitaient les cauchemars de l'enfance n'ont pas si tôt fait de se dissiper qu'ils sont remplacés par les spectres de nos plus douloureuses passions. À quel âge commence-t-on à faire nos nuits ? À quel âge recommence-t-on à ne plus les faire ?

Anaïs a levé son sourcil gauche en signe de compassion et s'est rallumé une cigarette. Respirer les volutes de sa fumée m'aidait à revisiter les décombres de ma *ludovicomanie*. Me résoudre aux adieux avait été une épreuve teintée de désœuvrement dans des chambres de gars dont je me rappelle plus les prénoms. Pour jouir un peu, je fermais les yeux et c'est sa tête à lui que j'imaginais, son rictus précis dans la jouissance. Je connaissais par cœur ses faciès, les battements de ses cils, la veine sur sa tempe gauche, celle dans son cou qui se remplissait de sang avant de se mettre à battre après qu'il eut déversé sa semence en moi. Comme les hommes fuient celles qui sentent le malheur et qui se foutent de leur gueule, aucun de ces amants de passage n'a remplacé Ludovic. J'errais.

J'ai dû refaire ma garde-robe vingt fois. D'abord parce que mon poids fluctuait, puis parce que je croyais qu'en portant de nouveaux chemisiers et blousons, je reconstruisais une nouvelle Corinne Clément. J'étais persuadée que je mettrais fin à mes jours. En me débarrassant de mes vêtements, je me poussais chaque fois plus près du gouffre. Puis je rebroussais chemin, apeurée à l'idée de tenir contre ma tempe le fusil chargé de mon oncle ou d'enrouler une corde autour de mon cou. Je savais pourtant faire des nœuds coulants; mes livres de chevet s'intitulaient *Le suicide d'avant-garde*, *Avez-vous pensé au nitrite de potassium?* ou *Douze façons d'en finir avec la vie*. Je les ai conservés comme des reliques de l'ère post-Ludovic.

Les poignets d'Anaïs m'obsédaient. Elle les déposa en croix sur sa cuisse décharnée.

«Qu'est-ce qui vous a sauvée?

— La curiosité masochiste.

— Étirer l'agonie?

— Jusqu'à la surdose. Pour ressusciter.»

Je suis débarquée sans prévenir sur le seuil de son très modeste et minuscule logis qu'il partageait avec sa nouvelle conquête, une brunette chétive au prénom étrange. Il a ouvert au troisième coup de sonnette, hébété, empestant le malaise, le regard un peu vitreux et la barbe mal rasée. Je portais de très légers vêtements blancs. Je l'ai senti défaillir, troublé. Il me désirait encore. Cette vision encourageait ma résurrection. De l'embrasure de la porte, j'apercevais les jambes fines et bronzées de celle qui vivait à ma place. Elle m'écoutait. Je sentais son inquiétude. J'étais douce et avenante. J'ai haussé un peu le ton pour qu'on m'entende bien à travers les mots du lecteur des nouvelles du soir.

«J'aimerais vous regarder vivre.

— Quoi?

— Je veux entrer dans cet appartement, m'asseoir pendant quelques heures sur le divan et observer votre vie à deux. Faites comme si je n'existais pas.»

Sa nouvelle flamme s'est retournée vers moi à la vitesse d'une limace gluante, me montrant deux petits yeux noirs de limace gluante. Une limace gluante avec des boucles d'oreilles. C'est la première pensée que j'ai eue en la voyant accroupie sur le comptoir de la cuisine dans une position de souffrance, le popotin relevé, la mine basse. Déjà blessée. Ludovic a haussé les épaules et tourné les paumes de ses mains vers le ciel en signe d'incompréhension, l'air de dire : «C'est mon ex, elle est tordue, je t'en avais parlé...» Elle n'a pas bronché, comme si elle s'y attendait. Je n'avais jamais été aussi lucide. Une sensation similaire à l'orgasme m'envahissait. Dans ces lieux, j'en avais eu mille.

Sourire en coin, j'ai choisi de m'échouer sur le vieux récamier aux rebords de tissu effiloché qui occupait le centre de cet espace encore plus sale que dans mes souvenirs. La limace ne savait pas manier balais et plumeaux. J'aurais pu gratter le plancher crasseux de son logis.

Ses escarpins de cuir, une très grande pointure pour un corps si menu, traînaient sur le parquet, à côté de l'hibiscus violet qui avait survécu à mon départ. Il semblait mal en point. Quel bruit font les plantes quand elles pleurent? Aristote clamait haut et fort qu'elles avaient une âme, tandis que Charles Darwin jouait du basson devant son *mimosa pudica* pour que ses branches voltigent. J'aimais penser que cette limace aux grands pieds excitait si peu l'hibiscus quand elle déambulait devant lui qu'il en avait perdu ses feuilles.

Il vit toujours, mieux traité ici que chez lui. «Tu aimerais l'emporter avec toi?» me suis-je entendu demander à ma fragile invitée dont les yeux ressemblaient soudain à ceux d'un hibou hébété. J'ai cru qu'ils allaient s'éjecter de leurs orbites et rouler sur les lattes de bois jusqu'à mes pieds. J'aimais secouer Anaïs à coups de petits détails, enfoncer la lame avec une exquise lenteur.

À voir leurs yeux figés et résignés, j'ai pensé à cette image télédiffusée à répétition du couple Ceausescu lors de leur exécution près de Bucarest en 1989. Très excitée, ma mère avait crié à mon père de venir les voir, au salon: «Ça va gicler, Léandre. Ils vont les avoir, les crisses de cochons. Léaaaaandre!» Les mains d'Elena Ceausescu tremblaient, délicates et ouvertes. Elle abandonnait la partie.

Le couple maudit a fait mine d'oublier ma présence silencieuse en m'offrant le spectacle de sa conjugalité. La limace roucoulait en fixant la couverture du magazine qui se trouvait devant elle. Ludovic lui a tendu une bière blonde qu'elle a sirotée en lui passant la main dans le cou. Ils ont échangé quelques banalités sur un concert auquel ils avaient assisté la veille.

La voix de Ludovic ne ressemblait plus à celle qui s'était nichée dans mes oreilles l'année précédente. Sa gestuelle, le mouvement de ses pieds sur le sol, la couleur de sa peau, plus rien n'appartenait à l'homme que j'avais aimé. Aucun sous-titre pour me traduire ce mauvais film de lui et d'elle, cette langue codée que je ne voulais pas apprendre et qui me donnait la nausée. Je les ai quittés avant d'être malade. Avec l'hibiscus. Dehors, j'ai enfoui ma tête dans son feuillage déjà plus vert. Je respirais. Anaïs a éclaté d'un rire franc et sonore, elle a levé ses deux bras en direction du ciel.

«Alléluia!

— Si on veut, oui.»

J'ai rencontré mon Fabien lors d'une fête d'anniversaire chez des copains journalistes. Cet architecte français plus âgé que moi m'a tendu la main en plongeant ses yeux et expressifs dans les miens, une façon à lui de m'inviter à déposer mon cœur dans sa paume. Il ne l'a plus jamais rouverte. Fabien m'a aspirée en ouvrant la bouche pour me dire les mots qu'attendent les femmes intenses et inquiétantes. J'habite son corps, je me suis tapie en lui, protégée, à l'abri, immobile. Je peux enfin dormir, devenir épouse et mère. Ma vie professionnelle a aussi pris un essor. Je remarque que mes cheveux grisonnent, je compte mes rides et varices sans affolement. Je grossis et mes seins s'aplanissent. Il me semble que mes fesses ne font plus tourner les têtes. Je ne suis plus celle qui envoûte en minaudant dans le fond d'un bar. Je m'en fous. Demain, il sera encore là. Et après-demain aussi. C'est lorsque nous sommes morcelées, sur le point de nous dissoudre, que les hommes-bunker apparaissent, sortis de leur transparence, soudain moins beiges, chargés de promesses qu'ils savent tenir.

Anaïs continue de me fixer en silence. Sa manière de hocher la tête et de cligner des paupières me signalent de continuer mon histoire.

«Vous avez revu Ludovic?

— Dans la rue. Il était seul, l'air crispé et anxieux, le teint brouillé. J'ai appris par des amis qu'il avait quitté cette fille au prénom étrange il y a déjà quelques années de cela. Puis l'autre femme après et toutes les suivantes. Il carbure aux passions et fuit l'engagement. Voilà.»

Les joues d'Anaïs blêmissent jusqu'à lui donner un air cadavérique. Elle se cramponne aux accoudoirs. Je crois qu'elle va défaillir. Je me lève pour lui resservir de l'eau quand elle empoigne mon avant-bras avec une force que je ne lui soupçonnais pas. Sa lèvre inférieure tremblote, des larmes coulent sur son visage. Je pense au mascara noir qui se répand.

«J'ai bien connu Ludovic», dit-elle.

Elle a regardé ses pansements et m'a offert une cigarette.

LA
MOLÉCULE
ANIMALE

Il sentit un baiser dans son cou.

«Bonne nuit, Ian.

— Tu te couches déjà ? dit-il en redressant un peu la tête.

— Déjà ? Il est minuit passé. Elles sont *vraiment* passionnantes, ces nouvelles recherches...»

Il perçut la note de reproche dans sa voix, mais ne releva pas.

«Passionnantes, oui. Je te raconterai. Bonne nuit, Margot.»

L'instant d'après il scrutait de nouveau l'aquarium, où ondulaient des corps souples.

Ian avait complété quelques semaines auparavant l'installation de ce laboratoire personnel, dans le sous-sol de la maison que le couple avait achetée dans le Vieux-Saint-

Lambert, trois ans plus tôt. Margot avait un peu protesté devant le projet, dans lequel Ian allait engloutir toutes ses économies, mais elle avait reconnu dans son œil cette détermination qu'il ne sert à rien de vouloir briser.

Professeur au Département des sciences océaniques de l'Université McGill, Ian intégrait régulièrement des groupes de recherche, l'aspect le plus stimulant de la carrière professorale, selon lui. Mais il avait toujours eu du mal à composer avec les contraintes que rencontre tôt ou tard tout scientifique : difficultés d'obtenir des fonds adéquats; rigidité du cadre universitaire, qui fait peu de place à ce que Ian appelait la recherche décloisonnée, la plus créative, obligation de travailler en collégialité, souvent au détriment de ses objectifs de recherche à lui.

Son labo à domicile était à l'abri de tout ça. D'autant plus qu'il régnait dans la maison un calme quasi absolu, perturbé par aucun enfant ni aucun animal. Mis à part, évidemment, la faune captive et aphone sur laquelle se focalisait désormais toute son attention.

Le cadran du four micro-ondes affichait 1 h 37 quand il traversa la cuisine. Il n'avait pas très envie de dormir, mais se dit qu'il avait tout de même un cours à donner tôt le lendemain. Ian monta l'escalier menant au premier étage, vaguement troublé par la scène de copulation aquatique à laquelle il venait d'assister. Quand il entra dans la chambre, ses yeux glissèrent sur le corps de Margot, que les couvertures ne recouvraient qu'à moitié. Saisi d'une envie de la réveiller, il s'approcha lentement, réalisant qu'il n'avait pas touché ce corps depuis plusieurs nuits maintenant. Mais il s'arrêta à quelques pas du lit.

L'instant d'après Margot se réveillait à demi, son sommeil froissé par le craquement de l'escalier que redescendait un homme aux yeux rougis.

* * *

«Monsieur...»

Il se tourna vers l'étudiant, l'air absent. Puis regarda aux quatre coins de la classe, bondée cette session-là.

«Excusez-moi, j'étais... Excusez-moi.»

C'était la deuxième fois cette semaine. Son regard obliquait vers la fenêtre, entre deux explications, puis son esprit glissait, il revoyait à travers la vitre les ondoiements observés la veille, l'étrange danse de la *sepia apama* au temps des amours.

Il reprit son cours de biologie marine, retrouvant rapidement l'aplomb et la langue claire qui le caractérisaient, faisant peu à peu oublier le malaise qui s'était emparé de la classe.

Il ne pensa plus à ce léger égarement, jusqu'à ce que Julie, une étudiante particulièrement douée, vienne lui demander une précision à la fin du cours.

La précision obtenue, elle ajouta:

«Vous allez bien, sinon? J'ai l'impression que vous étiez un peu dans les vapes, tout à l'heure.»

Elle lui lança un sourire mi-préoccupé, mi-amusé. Devant lequel il resta de marbre.

«Au revoir, Julie. Continuez ainsi, vous travaillez bien.»

Ian passa en coup de vent à son bureau, attrapa son imper et sortit dans l'air tonique d'avril, pressé de poursuivre ses recherches. La réputation de la *sepia apama*, ou seiche

géante d'Australie, était-elle surfaite ? L'animal avait-il des
mœurs aussi dissolues que le disaient certains ? Arrivé à la maison, il se fit un sandwich, attrapa une bière
et descendit au sous-sol. Il avait l'après-midi devant lui. Margot, bibliothécaire au cégep Saint-Jean, à Brossard, ne rentrerait que bien plus tard.

Mis à part la petite lampe de sa table de travail, le soussol n'était éclairé que par la lumière de l'aquarium. Avant d'ouvrir son calepin de notes, Ian passait toujours quelques minutes à se laisser imprégner de la pénombre et du mouvement lent de ses spécimens.

Ce jour-là, il commença par jouer un peu avec les seiches. Il prit la télécommande qui activait l'écran installé contre la vitre arrière de l'aquarium, un immense modèle de 6000 gallons, fait sur mesure, qui occupait tout le mur du fond de la grande pièce. D'une pression du doigt, il en changea le décor qui passa d'un fond marin rocheux, gris minéral, à une floraison de coraux d'un rose vif.

Presque aussitôt, les quatre seiches, inquiètes, se fondirent aux nouvelles couleurs de leur habitat. Ian avait beau avoir observé le phénomène des centaines de fois, la rapidité avec laquelle réagissaient les cellules chromatophores de leur peau le fascinait.

L'instant d'après, il optait pour un paysage d'algues pâles et de sable blond, dont il savait qu'il allait assez vite calmer les animaux. Ian pris son calepin, relut ses notes de la veille, puis, pensif, s'approcha de l'aquarium et appuya son front contre la paroi de verre. Longtemps.

Il y avait quelques mois maintenant qu'il s'intéressait à la *sepia apama*, cet animal d'environ quarante-cinq centimètres de long au sujet duquel il existait une documentation assez complète, mais dont certaines habitudes demeuraient mystérieuses.

On avait longtemps cru cette cousine de la pieuvre hermaphrodite, le mâle ne se distinguant en rien de la femelle a priori. Jusqu'au coït, où l'un de ses dix bras joue son double rôle. Ce tentacule, appelé hectocotyle, véhicule alors la semence dans la cavité dite palléale de la femelle.

Une autre idée reçue, que les études récentes d'un groupe de scientifiques allemands et néo-zélandais tendaient à confirmer, voulait que la *sepia apama* soit un animal fondamentalement bisexuel, et possiblement assez libertin.

Quelques années plus tôt, Ian avait mené des études approfondies sur les animaux monogames. Trois pour cent de toutes les espèces, guère plus. Dont le castor, fidèle à vie – on l'avait démontré : un castor ayant perdu sa mie passait le restant de ses jours en solitaire. Ian s'était en particulier intéressé aux circonstances évolutives ayant pu conduire à la monogamie animale, intrigante puisque pas du tout conditionnée, il va sans dire, par des impératifs d'ordre économique ou religieux. Ce qui, on le sait, a beaucoup encouragé la monogamie chez l'homme.

Voilà que ses recherches le conduisaient – Ian en parlait peu, mais il avait le projet d'écrire un essai à tendance iconoclaste sur les différentes déclinaisons des mœurs amoureuses – à l'autre bout du spectre des comportements sexuels.

Au-delà des intérêts du chercheur, il y voyait sa manière à lui de réfléchir à la question de la fidélité. Lui qui, depuis sa rencontre avec Margot six ans plus tôt, croyait la chose possible chez l'humain dans les cas, assez rares, de grande compatibilité des partenaires, mais qui ne pouvait s'empêcher de considérer, comme de nombreux scientifiques, la monogamie humaine fortement modulée par les impératifs sociaux, ni de penser qu'il suffit de peu de choses pour que les interdits basculent, livrant l'homme et la femme à des appétits charnels forcément pluriels.

Il en était là dans ses réflexions, et demeurait convaincu que l'étude des animaux pouvait lui en apprendre long. Après avoir lu beaucoup sur les céphalopodes, il avait donc fait l'acquisition, à grands frais, de quatre spécimens de *sepia apama*, deux mâles et deux femelles, et les avait plongés dans le même espace.

* * *

Il y avait peu de différences au fond. Les deux seiches se plaçaient d'abord l'une au-dessus de l'autre et effectuaient un pas de danse parfaitement synchronisé, marqué par des inflexions de couleur sur la peau des amants. Puis les tentacules se cherchaient d'abord mollement, avant de s'entrelacer avec force pour ne former finalement qu'une chair unique où pulsait le désir.

Que ce soit un accouplement homo ou hétérosexuel, il y avait peu de différence au fond. C'était un peu moins long dans le premier cas, peut-être un peu plus vigoureux.

Ce que cherchait surtout à confirmer Ian par ses observations, et qui se vérifiait de jour en jour, c'est que le concept de préférence ne pouvait s'appliquer à cette espèce. Les quatre seiches allaient les unes vers les autres sans qu'aucun couple véritable ne se forme. Il y avait une occurrence de rapports légèrement plus élevée dans le cas de Luigi et Pénélope – chaque animal s'était vu attribuer un nom au début des recherches –, mais rien de significatif sur le plan scientifique. Annabelle et Oscar n'étaient pas en reste.

Ian ne voulait rien manquer des ébats, il notait tout, filmait presque en continu l'activité de l'aquarium, conscient de n'avoir que quelques semaines d'observation devant lui. En effet, le mâle comme la femelle mouraient généralement peu de temps après la période d'accouplement, presque toujours avant l'éclosion des œufs de cette dernière.

Ian parla peu à table ce soir-là. Margot ne put s'empêcher de penser aux discussions exaltées du début de leur histoire, à ces bribes de théories sociologiques ou politiques échafaudées furieusement entre deux gorgées de rouge, qui chaque fois s'écroulaient dans une grimace ou un rire sonore.

Ces jours et ces nuits ou l'idée même que quelqu'un ou quelque chose puisse les séparer ne leur aurait pas traversé l'esprit, et où le seul vrai port d'attache était le corps de l'autre, ses moindres replis, ses moindres odeurs.

« Écoute, je sais que tu veux aller au bout de cette expérience, que c'est le temps des amours pour elles et tout, mais j'en viens à me demander s'il t'arrive de penser à autre chose qu'à tes bibittes ces jours-ci. »

Margot parlait à voix basse, mais avec fermeté.

« Margot, Margot... Je suis un peu fatigué, c'est tout. Excuse-moi, dit-il en posant sur l'avant-bras de sa femme une main glacée. La première phase de l'observation de mes "bibittes", comme tu dis, sera bientôt terminée. Je vais faire une pause après.

— Tu sais le nombre de fois où tu as prononcé ces mots-là devant moi, Ian ? »

Cette fois Margot s'inquiétait davantage. Ian avait le teint blême, quelque chose de vide dans le regard. Un peu, tiens, comme ces infectes créatures qui grouillaient dans le soussol.

* * *

Il n'avait rien vu venir. Ça n'avait rien de commun avec ces dérapages prévisibles, annoncés par des regards équivoques et des silences troublés.

Quand Julie s'était assise dans son bureau, ouvrant devant lui son dernier travail et demandant des éclaircissements au sujet d'un paragraphe qu'il avait biffé en entier, le qualifiant dans la marge de «mauvais», il s'était penché avec sérieux sur le document, rassemblant ses idées pour donner à son étudiante une réponse à peu près satisfaisante.

Il avait lui-même été étonné de voir leurs mains se nouer sur le devoir, impatientes, puis de sentir leurs bouches s'appeler de part et d'autre du bureau, comme à la recherche d'oxygène.

Le travail de Julie, et aussi quelques livres et des crayons, tombèrent au sol quand Ian souleva le corps de l'étudiante et le fit passer du même côté que lui, assoiffé de ses lèvres et de sa peau.

Il y eut quelque chose de violent dans leur étreinte, qui pourtant produisit peu de bruit malgré le col de chemise déchiré et les bruit du vieux mobilier contre le ciment des planchers.

* * *

Ian évita de peu l'accident. Parti en trombe de l'université, il avait conduit de manière erratique dans les rues du centre-ville, zigzagué dangereusement sur l'étroite voie automobile du pont Victoria, glissant peu à peu dans une irrésistible fièvre. C'est à la première intersection à la sortie du pont ferroviaire qu'il perdit brièvement conscience. Rappelé à la réalité par le crissement des pneus de plusieurs véhicules, il donna un coup de volant vers la droite et immobilisa la voiture.

«Malade!

— Son of a bitch!»

Aux mots et aux regards que lui lançaient les autres automobilistes, Ian comprit qu'il avait grillé le rouge et failli causer un carambolage. Il ne s'attarda pas. Faisant mine de ne rien entendre, il se faufila entre les furieux et rentra chez lui.

Quand Margot arriva, une heure plus tard, elle le trouva au sous-sol, assis par terre, les genoux repliés sous le menton comme un gamin. Il portait un survêtement de sport. De fait, il avait l'air d'un gamin.

De ses yeux brillants de fièvre, il fixait l'aquarium. Il ne réagit pas à l'arrivée de Margot.

«Ian, dit-elle doucement en se penchant derrière lui. Ian, je suis là.»

Très lentement, elle s'assit elle aussi, passa ses jambes de part et d'autre de son corps crispé et le serra contre elle. Ils se balancèrent ainsi de longues secondes, gagnés peu à peu par la même chaleur.

C'est très naturellement que leurs doigts se trouvèrent. Ils firent l'amour à même le sol, brûlant leur peau contre la moquette rase, sous l'œil globuleux des seiches.

Il ne remarqua les lueurs qu'après, alors que Margot, épuisée, avait tiré sur eux une couverture attrapée dans un coin et somnolait déjà. Contre son flanc à lui, à droite, couraient sur une quinzaine de centimètres des ondes luminescentes d'un vert vif qu'il reconnut aussitôt. Et son esprit scientifique s'emballa.

* * *

On ne saura jamais exactement ce qui se produisit ensuite, les notes de Ian Paillé témoignant, à partir de là, d'une intense lutte entre l'esprit et le corps. Si je crois avoir reconstitué assez bien les épisodes précédents, la suite de mon récit est le fruit de déductions et du recoupement des différents témoignages.

Chose certaine, Ian Paillé a dès lors eu des comportements de plus en plus étranges, difficiles à admettre de la part d'un jeune professeur reconnu pour son sérieux et son professionnalisme.

On a en outre retenu l'épisode dit de la cafétéria. Ce jour-là, Paillé aurait attiré l'attention en abordant un groupe d'étudiants attablés devant leurs cabarets, riant fort, glissant sa main dans les cheveux d'élèves qu'il n'avait, jusque-là, jamais désignés autrement que par leur patronyme.

Certains ont même prétendu avoir été entraînés dans son bureau, sous des motifs obscurs. Trois étudiantes, deux étudiants et une secrétaire du département ont confié aux policiers avoir été agressés sexuellement par Paillé, des affirmations jamais confirmées, un grand flou entourant les circonstances de ces rapports que rien n'a jamais permis de qualifier de forcés.

Des observateurs croient qu'il se serait agi de victimes droguées, mais encore là, rien ne permet d'en être sûr.

Pour ma part, puisque je cherche avant tout à satisfaire mon besoin de savoir et à tirer une lecture des événements aussi complète que possible, je me permets d'accorder du crédit à des éléments rapidement balayés par les enquêteurs.

Au moment des faits, j'étais moi-même rattaché au département des enquêtes du SPVM, le Service de police de la Ville de Montréal. Je n'étais qu'assistant, mais j'ai eu accès aux rapports, et j'ai alors, comme tout le monde, vu dans les notes de Paillé sur les fameuses «ondes luminescentes d'un vert vif» la preuve d'un déséquilibre psychique et d'hallucinations. Mais j'ai quitté la police il y a deux ans maintenant, et je ne peux m'empêcher depuis de retourner l'affaire dans tous les sens, trouvant plus de cohérence dans la version de Paillé, aussi invraisemblable soit-elle en apparence, que dans celle des polices de Montréal et de Longueuil qui, comme toutes les enquêtes, vise d'abord à identifier un coupable.

Voilà comment je me figure le drame qui s'est joué, le 28 avril 2011, dans la résidence de Margot Leclerc et de Ian Paillé.

* * *

Ian quitta le campus plus agité que jamais cet après-midi-là, vers 15 h 30. Des collègues le virent passer d'un pas pressé mais maladroit, un peu comme celui de quelqu'un en état d'ébriété, débitant un pur charabia.

Il monta dans sa voiture et rentra de peine et de misère à Saint-Lambert. À quelques reprises, il ne parvint pas à garder le cap et heurta des voitures stationnées à sa droite. C'est un véhicule cabossé qu'un voisin vit s'immobiliser devant sa maison, vers 16 h 30, avant que Ian n'en sorte et se précipite chez lui.

Avant de passer la porte, ce dernier aperçut le vélo de Margot dans la cour, celui avec lequel elle se rendait au travail pour peu que le temps le permette. Dans le brouillard de sa pensée, Ian se demanda pourquoi elle était déjà rentrée.

Il ne prit pas la peine de l'appeler dans la maison, il ne regarda même pas du côté de la cuisine ou du salon. Il s'engouffra dans la cage d'escalier menant au sous-sol, descendit en trombe et se figea. De longues secondes s'égrenèrent avant que Ian soit capable de mouvement.

Dans l'aquarium, que nimbaient alors les teintes d'un fond marin cendré strié d'algues hautes, flottait Margot, entre deux eaux, les cheveux défaits en une auréole sombre.

Les yeux clos, les lèvres ouvertes, Margot flottait morte entourée des seiches qui s'activaient encore contre son corps blanc, sur lequel s'étiraient des marbrures violacées. Plus rien n'existait que ce ballet macabre et doux. Plus rien ne bougeait que les tentacules amoureux agrippés aux formes de Margot.

Le temps se remit brutalement en marche quand, revenant du débarras attenant à la pièce principale du sous-sol, Ian abattit une hache contre la vitre.

* * *

Si on a depuis perdu la trace de Margot Leclerc et de Ian Paillé, une dizaine de témoins jurent avoir vu, le 28 avril 2011 en début de soirée, un homme hagard sortir d'un véhicule cabossé dans le stationnement du parc Marie-Victorin, en bordure du Saint-Laurent, puis se diriger vers les eaux, tenant dans ses bras le corps inerte et manifestement violenté d'une femme.

Avant que quiconque ait le temps d'intervenir, l'homme s'était déjà engagé loin dans le courant, qui avala presque aussitôt les deux corps en même temps que leurs secrets, leurs douleurs et leurs désirs.

LES
NOCTURNES

Ça y est. J'attends ce moment depuis que je suis toute petite. Je maîtrise enfin la technique requise pour interpréter les *Nocturnes* de Chopin sans que personne ne se moque de mes prétentions. Mon agent est heureux. Jacques, le gros Jacques, il m'aime bien. Je suis son poulain, sa jeune pianiste, son enfant prodige, sa Céline Dion raffinée, son Guy Lafleur du piano à queue. Il m'imagine déjà sur le «front page» des magazines, en tournée à travers le monde, sur le plateau de *Tout le monde en parle*, forte de ma notoriété toute confidentielle de musicienne classique. Il imagine qu'un jour on écrira une biographie non autorisée sur sa musicienne improbable issue d'une famille de classe moyenne dont les parents syndicalistes ont toujours eu en horreur l'activité bourgeoise et onéreuse qui consiste à piocher sur un piano.

J'ai pourtant toujours rêvé d'être pianiste. Et, malgré mon enfance bercée par du Bob Dylan et les rengaines des

Beatles, je n'ai jamais respecté que Bach, Schumann ou Debussy, et bien sûr, Chopin. Depuis ma tendre adolescence, j'ai nourri l'ambition de jouer, un jour, les *Nocturnes* qui m'hypnotisaient par leur perfection presque surnaturelle. Je les ai écoutées en boucle dans mon walkman, puis dans mon ipod. Elles étaient... comment dire ? Tout. La musique qui émane naturellement de la respiration. La musique née du vague à l'âme, la partition d'une certaine vérité inatteignable par les mots. L'explication par la musique du désir et de ses tempêtes : la peur, la détresse, l'enchantement. Tout cela, je voulais que ça passe en moi, à travers moi, à travers mes doigts sur les touches. Le grand frisson, l'adéquation du sentiment à l'œuvre.

Mais aujourd'hui, alors que j'ai revêtu ma longue robe bleue, que le piano n'attend plus que moi sur la scène de la salle Claude-Champagne et que le grand Louis, celui qui tournera les pages de ma partition, transpire de façon grotesque dans son habit de pingouin, je n'y crois plus pantoute ! Je répète ce mot qui roule dans ma bouche devant le miroir de ma loge : « pantoute ». C'est joli ce mot. C'est rond, c'est chaleureux, musical. C'est la totale. « Pan-tou-te. » Je roule les syllabes dans ma bouche sous le regard inquiet de mon grand Louis, un angoissé de première.

C'est arrivé en répétition cet après-midi et, étrangement, ça m'a fait sourire. À cause de la référence à Albert Camus, donc à mon adolescence inquiète, intense, emplie de lectures trop sérieuses et de solitude impérieuse. J'étais en train de jouer. Et puis, tout d'un coup : l'absurde, l'inquiétant. J'ai pensé à Meursault, ce personnage de *L'Étranger*, l'incarnation de l'indifférence. Tout à coup, au lieu du grand frisson, je ne ressentais plus que la mécanique du son, sa grande formule mathématique que j'exécutais sans âme, sans y croire, sans la ressentir. Cette musique qui se produisait au bout de mes doigts ne voulait plus rien dire. Elle n'était plus qu'un déluge de bruit insensé, de notes convenues, connues de tous, déconnectées de mon ventre. Fuck! Je continuais de jouer. L'esprit ailleurs. Les phrases de Camus se bousculaient dans ma tête : *Il arrive que les décors s'écroulent. Fuck! Un jour seulement, le pourquoi s'élève et tout commence dans cette lassitude teintée d'étonnement.* J'ai levé les yeux vers le grand Louis qui exécutait sa tâche avec le sérieux d'un pape. Il tournait les pages comme si le sort du monde occidental en dépendait, l'air grave et concentré. J'ai regardé de biais le gros Jacques, bien assis dans son fauteuil rouge, alors qu'il était lui-même rouge de plaisir et d'anticipation. Et là, en plein milieu de mon interprétation supposément sincère, je me suis sentie complètement indifférente : éloignée de tout cela, spectatrice de la pantomime que j'exécutais. Je me suis mise à penser à autre chose, à cette distance qui grandissait en moi. À Vladimir et à Camus, Albert de son prénom.

Vladimir est un grand musicien. Un jour, il m'a remarquée. Je venais de faire un concert à New York où lui-même était venu présenter son nouveau disque. Après le concert, il m'a invitée à une de ses classes de maître. Quand je l'ai revu plusieurs mois après, à Montréal, mon cœur battait la chamade. J'ignore pourquoi. Le petit homme chauve, l'air méprisant, trop vieux, vasectomisé et marié, me faisait chavirer. Nous nous sommes vus pendant plusieurs semaines et c'est avec lui que j'ai perfectionné mon étude de Chopin. Durant de longues heures, il m'écoutait et je l'observais m'écouter. J'étais possédée par son regard, obsédée par la musique qui se tissait entre nous. Au bout de quelques mois de travail acharné où le désir transcendait la musique et rendait vivant chaque centimètre de neige qui tombait sur cet amour que je me refusais à vivre, la dégelée est venue. Je retenais mon souffle à chaque répétition. J'attendais un geste de sa part. Il vint. Subtil au départ, puis plus précis. Le crescendo des avances. Un jour, après une répétition particulièrement brillante, nous nous sommes embrassés. Furtivement, comme si ça allait de soi. Quand les répétitions se sont terminées, nous nous sommes donné rendez-vous au lac des Castors. L'air était lourd de canicule. Sous la table du café, il s'est mis à caresser mes jambes. Doucement. Nos mains se mêlaient dans l'extase du moment amoureux qui retient son souffle, celui dont on sait déjà qu'il ne durera pas, évanescent comme un poisson argenté. J'ai pleuré midinette pour l'attendrir, consciente du charme de mes yeux brillants à travers leurs larmes, voyant un peu Baudelaire dans le petit homme chauve qui me couvait de désir. Il a payé. J'étais mouillée. Nous avons traversé la rue et pris le chemin du cimetière, portés par l'été, et peut-être un peu par l'amour. Nous nous sommes allongés sur la pierre tombale d'un Chinois et quelques minutes plus tard, j'ai crié un orgasme violent, les yeux plongés dans la grande layette du ciel de juin.

* * *

Depuis que j'ai l'âge de rouler ma langue doucement sur celle d'un autre, j'ai toujours remonté mes amours sur le Mont-Royal, comme Sisyphe pousse son rocher. J'ai frenché au belvédère. J'ai fais l'amour au chalet, je me suis fait manger derrière l'Oratoire. L'été, l'automne, l'hiver, au printemps. Le

Mont-Royal est mon buisson ardent. Les hauteurs me donnent une perspective qui me permet de croire aux sommets, à la croix, le symbole du «plus», aux centaines de milliers de petites lumières au loin comme une courtepointe de poésie. Les sommets me permettent de m'élever au-dessus de la rumeur lointaine, symphonie étouffée de moteurs, klaxons et vies quotidiennes. Monter là-haut comme on se dit : « Il était une fois à Montréal.» Le Mont-Royal est mon décor, un peu à la façon des installations de carton-pâte où les touristes vont se faire prendre en photo. Clic. Je t'aime. Moi aussi. Clic. Est-ce ainsi que les hommes vivent et que leurs baisers au loin les suivent ? Tout est affaire de décor, changer de vie, changer de corps, à quoi bon puisque c'est encore moi, moi qui me cherche et m'éparpille... Est-ce ainsi que les hommes vivent et les femmes aussi ? Tout est-il affaire de décor ?

Quand j'ai quitté Vladimir cette journée-là, je croyais. J'irradiais la foi, fluorescente d'amour. Croyante et lucide à la fois. Fière d'avoir fait jouer un grand musicien sur mon sexe, de lui avoir fait créer une musique sourde et inédite. Bien sûr, je savais qu'il y avait là un besoin narcissique et juvénile d'être reconnue par le mentor, et que chez lui, il y avait probablement le désir de rajeunissement un peu vulgaire du vieux crapaud transformé, l'espace d'un instant, en prince charmant par le baiser d'une jeune femme. Mais sur le coup, toute cette lucidité était superflue, secondaire, inutile. Quelques semaines après, Vladimir s'est défilé. Ses téléphones se sont raréfiés. Je crois qu'il avait jeté son dévolu sur une autre femme. Nous n'en avons jamais reparlé.

Je suis restée prostrée dans ma peine plusieurs mois. Jusqu'à ce que l'amour revienne sous d'autres traits, tout aussi fanés. Ceux d'un chef d'orchestre. Un musicien plus connu encore que Vladimir, mais plus gentil, plus rond, plus doux. J'ai amené ma nouvelle flamme se dévêtir dans mon fétiche vert. En auto, là où c'est interdit. Nous avons fait des cochonneries tant bien que mal. Mes baisers ne goûtaient plus le végétal urbain, mais la bassesse du procédé. «On ne peut user impunément de la magie», m'a dit une voix hors-champ avec effets surréalistes comme dans les dramatiques de Télé-Québec sur les légendes autochtones. «Retourne là-bas, dans la rue, va confronter les klaxons et la lumière crue du quotidien. Si tu tiens absolument à te faire peloter sur du gazon, il y a l'île Sainte-Hélène, le parc Lafontaine. C'est joli sur le plancher des vaches, accessible, public, réel. Mais la prochaine fois que tu ramènes quelqu'un ici, il faut que ce soit vrai.» Comme l'Indien des dramatiques, je tends l'oreille de façon tout à fait naturelle et j'écoute la montagne qui me parle. Parce que ça se peut. En plus, elle est ironique, cette montagne, vindicative dirais-je même. Alors, je lui ai répondu du tac-au-tac à cette vieille gribiche : «Ça va ! Je ne vous ai rien demandé, vous n'êtes quand même pas ma mère ! Allez donc vous faire foutre, et mes souvenirs avec.»

J'ai détesté le génie de la Montagne, dépositaire de mon indécrottable romantisme anachronique. Mais, depuis ces baisers dépourvus de conviction, j'observe la croix de la fenêtre de ma chambre avec rancœur, de loin, comme un enfant en punition dans le coin qui observe la classe. La croix m'a vu jouer avec la foi, elle a reconnu l'athée aux mains jointes par l'amour, m'a fait confesser malgré moi que toutes les promesses sincères sonnaient faux à force de se répéter. Mon décor s'est révolté. Il a renvoyé l'actrice peu crédible réapprendre son texte, prendre du temps pour elle, se reposer, se refaire une beauté.

J'ai donné de bonnes performances sur le Mont-Royal, toutes de grandes scènes d'amour sincères, justes, mémorables. J'y ai livré invariablement mon texte avec conviction. Juste ce qu'il faut de physique dans mon jeu. Je suis redescendue dans ma loge invariablement comblée, pleine, croyante, euphorique. À dix-huit, dix-neuf, vingt ans... à trente-deux, trente-trois et trente-quatre ans. Mes premières amours, mes amours d'adultes, puis celles du cimetière. Comment peut-on aimer après avoir aimé si fort ? Là, sur cette terre où j'ai enfoui ma petite mort, là où les corps redeviennent poussière, j'ai crié « Je t'aime ! » en sachant intuitivement que ce ne serait plus jamais pareil, que ces deux mots redeviendraient poussière, prendraient racine dans la terre du Mont-Royal et se rappelleraient à mon bon souvenir lors de balades à vélo. J'ai aimé tous les hommes que j'ai emmenés sur le Mont-Royal. Ce sont mes « amis de la Montagne » à moi. Jusqu'au dernier. Celui-là, j'ai voulu me faire croire que je l'aimais et ça a marché. Il est long de ne pas aimer, lassant de ne pas aimer, les sommets nous manquent, mais l'illusion d'optique doit être organique. « Patience, m'a dit la montagne. Un jour ton prince viendra. Un jour, il te dira des mots d'amour si tendres. » Misère et révolte : « Madame la Montagne, seriez-vous par hasard en train de me bercer en me chantant une toune de Walt Disney ? Car Walt Disney, je l'emmerde ! Il m'a mis toutes ces histoires de princesses dans la tête et s'il était encore vivant, je lui collerais une poursuite au cul pour fausse représentation. » Walt Disney m'a condamnée au cheval blanc et donc à la Montagne. Il m'a menti tous les soirs de mon enfance en me promettant *qu'il serait mince, qu'il serait beau, qu'il sentirait bon le sable chaud, mon légionnaire, si* bien que parfois, dans ma douche, je me prends à chanter des chansons d'Édith Piaf. Avec tout le ridicule que mes six pieds confèrent à cette image.

* * *

J'ai terminé le programme jusqu'au bout pour me rendre compte que ni Jacques ni Louis ne s'étaient rendu compte que je n'étais plus là, que j'avais joué sur le pilote automatique. Ils me regardaient avec tendresse. Dans leurs yeux, j'étais toujours ce petit animal dévoré d'émotion, l'artiste absorbé par les sons. Comment fait-on pour jouer sans cesse la même partition? En touchant le do final, j'ai aperçu, par une petite fenêtre de la salle de pratique, le vert riche de la fin d'été recouvrant le versant de la Montagne que je ne vois jamais de chez moi. Je me suis mise à pleurer, écœurée de jouer ma vie, de vivre à côté d'elle.

Louis et Jacques ont trouvé mon débordement d'émotion tout à fait normal. Les clichés vis-à-vis des femmes ont la couenne dure et sont parfois pratiques. Ils ne m'ont pas posé de questions. Surtout que, dans la loge où Louis, Jacques et moi attendions le public, sont aussi venus nous rejoindre Nicole et François. Respectivement, la femme du gros Jacques et le chum de Louis. Moi, ça va de soi, je suis seule, comme toujours. Les hommes que j'emmène sur le Mont-Royal ne viennent pas dans ma loge. Ils ne vivent pas avec moi les semaines avant le concert... Cette mauvaise répartition de la tendresse conjugale cause toujours un certain malaise chez mes deux comparses. Ils se sentent confus par mon incapacité sentimentale. Ils l'expliquent sûrement du fait que je sois une *artisse*. Comme ma mère. « Ma fille n'est pas mariée, elle n'est pas mère non plus, mais... c'est une *artisse*. »

Vient un âge où il faut avoir une raison valable pour ne pas être, ne pas faire, ne pas aimer comme tout le monde. Pratiquer Chopin ou flirter avec Bach fournit en ce sens une excuse des plus commodes. Ma mère, qui se fout de Schubert comme de l'an quarante, prend toujours un air grave quand nous rencontrons de façon fâcheuse un individu vaguement bien intentionné qui m'a vu grandir dans le quartier. «Alors, ma grande, es-tu mariée?» Et ma mère, de ne pas me laisser le temps de répondre et de dire: «Non, vous savez, Aurélie se consacre à la musique, n'est-ce pas ma chérie?» Évidemment, ma mère ne peut regarder quelqu'un droit dans les yeux et lui répondre que sa fille, à qui elle faisait ingurgiter des tonnes de *Love, love me do, you know I love you* entre deux cuillérées de purée de navet, se fait sauter par des musiciens libidineux d'Europe de l'Est dans le cimetière du Mont-Royal.

Nicole et François m'ont embrassée chaleureusement et ont quitté la loge. Au même moment, ma meilleure amie s'est pointé le bout du nez dans le cadre de la porte avec un énorme bouquet de lavande. J'aime les fleurs bleues, comme Murielle, la sœur qui m'a élue. Murielle, la grande écorchée vive qui trompe son mari tous les jeudis soirs dans des clubs échangistes. Elle aime le sexe de groupe et la sodomie. Ce qui est étrange compte tenu du fait qu'elle soit justement la personne la plus sentimentale que je connaisse. Elle a pour moi une tendresse infinie et considère notre amitié d'un point de vue romantique. Elle aussi voudrait bien me voir en couple.

Le couple. Un concept très prisé qui a fait ses preuves. Un dogme avec prosélytisme. À preuve, ceux qui ont acheté l'affaire voudraient bien vous la voir acquérir. Ce serait rassurant. Ce doit être pour cela que sans cesse, les gens autour de moi guettent la «Bonne Nouvelle» avec le sourire empathique et vaguement inquiet qui s'inscrit automatiquement sur un visage lorsque l'on demande de ses nouvelles à un malade. Mais au lieu de me demander : «Alors ? Est-ce que ça va ? Les médecins sont-ils encourageants ?»; j'ai droit à : «Pis, t'as-tu rencontré quelqu'un ? Comment ça donc ? T'es tellement belle, ch'peux pas croire ! Personne ? Argh ! J'vais voir au bureau si je n'ai pas des collègues célibataires, on ne sait jamais !» Murielle m'a d'ailleurs présenté quelques collègues de travail à elle. Pleine d'enthousiasme, la Murielle !

Le couple m'intrigue. Il est comme une chape de brouillard sur la Baie de Gaspé quand je suis en visite chez des amis dont l'union forme justement un soir d'orage infini. Caroline et Edgar sont mariés depuis vingt-cinq ans, imbriqués l'un dans l'autre, mais séparés comme deux petites îles indépendantes. Ils s'entretiennent de la nourriture toxique que sécrète leur lien et, chez eux, on respire un air à la fois vicié et serein. C'est peut-être pour cette raison que séjourner chez eux me rassure et m'étouffe à la fois. Quand je m'installe au piano, après le dîner, je me sens divisée. Ils se déchirent en silence pour que je joue pour chacun d'entre eux comme s'ils étaient seuls avec moi. Je suis un expédient à leur désir. Ils n'aiment pas la même musique, me réclament sciemment des choses différentes pour voir lequel des deux je vais choisir.

Caroline et Edgar ont un couple d'amis plus jeunes qui vivent à quelques kilomètres de chez eux, devant les eaux noires et puissantes de notre grand fleuve sur le bord duquel je vais fréquemment éponger les lettres d'amour que j'écris dans ma tête. Je les lance à la barbe du fleuve dont le spleen ennuagé, endimanché, me renvoie si bien le caractère immatériel de mes amours vaporeuses. Le fleuve est mon second fétiche, mon deuxième pôle géographique de l'amour. J'aime sur le Mont-Royal et je pleure sur le bord du fleuve. Le caractère surnaturel et déjanté de la côte, ses phares et ses motels abandonnés me sifflent l'immense solitude balayée par le vent, le côté inhabité de ma vie. Je suis comme ce motel de Rivière-à-Claude endormi dans les couleurs fades d'une peinture décolorée par le large, ou celui de Rivière-Madeleine qui s'étiole au milieu de nulle part, léché par les larmes des vagues abandonnées. Gaspésiens de naissance, Sébastien et Marianne ont choisi de revenir vivre parmi le vent et le sel, entre la 132 et les Chic-Chocs. Sébastien et Marianne ne couchent plus ensemble, mais ils se sont fait construire une immense maison pour abriter leur naufrage, beau comme une épave.

Un soir, l'été dernier, alors que je séjournais dans le grand brouillard, ils m'ont invitée à dîner. Eux aussi ont un piano. L'instrument ne sert que lorsque leur bambin de cinq ans se plie au désir de ses parents de le voir jouer. Do, ré, mi, fa, sol, la, si, do. Le petit est charmant. Il ressent tout le poids de son existence sur celles de ses géniteurs et il fait de mignonnes cabrioles sur le Steinway que papa lui a acheté. Mais quand on a la chance d'avoir une pianiste de la ville sur place, on met l'enfant en pyjama et on se fait croire que le Titanic ne coule pas, qu'il y a quelqu'un dans la timonerie qui tient la barre à deux mains. On sourit béatement et, après le récital, tout le monde fait montre de civisme, feint d'aimer la noble musique classique. L'épouse, psychologue de profession, détail notable, vient vous faire des confidences en vous tendant un verre de blanc. Elle laisse parler son inconscient imbibé d'alcool, la psychologue. Elle se confie à l'artiste qu'elle ne reverra jamais : « Pauvre Sébastien. Depuis la naissance du garçon, je n'ai plus de désir. C'est très dur pour lui. » Le couple. Un concept très prisé d'où s'échappe une musique dissonante souvent triste et belle comme la Gaspésie que j'aime.

Mon ex est arrivé dans la loge. Il ne reste qu'une vingtaine de minutes avant le concert. Mon ex. Mon premier vrai de vrai grand amour. Il est aujourd'hui pour moi comme un frère. Je l'aime d'un amour tendre et absolu. Nous pourrions encore coucher ensemble. Il semble que parfois, entre deux êtres, le désir ne meurt pas, mais nous nous abstenons, et ce, sans grands efforts. Il vient un temps dans une relation de tendresse où le sexe semble superflu sinon presque une brusquerie. Il me couve du regard. Me sent. Il me connaît, m'épie. Il est chanteur. Sa voix de baryton s'impose dans la petite pièce où je suis désormais seule. Quand nous étions ensemble, jeunes et cons, sans livre d'instructions sur l'amour, il m'arrivait souvent de bouder, telle une enfant gâtée et ridicule. J'étais incapable d'exprimer ce que je voulais, ce que je ressentais. Un jour, après avoir ingurgité des kilos de bouderies, il est reparti chez sa mère. Il y est encore d'une certaine façon; une mère qui lui a volé ses testicules avant même qu'il ne puisse les utiliser à bon escient. Mon ex, c'est l'amour de sa vie à elle, son petit mari, son enfant unique à qui elle a coupé les ailes à force de l'aider. Aujourd'hui, elle paie toujours une partie de son loyer. Le pauvre enfant. À trente ans passés, ce n'est toujours pas un homme. Un homme, un vrai. Celui à qui ont confie le BBQ, un volant, un enfant. Un homme, quoi. Je crois que ce sont des femmes comme la mère de mon ex qui m'ont jetée dans les bras d'hommes plus vieux, membres d'une autre génération :

celle dont les couilles sont encore intactes. D'autant plus que ces mêmes mères ont élevé les filles de ma génération, qui elles ont des couilles tatouées dans le front et donc besoin de mâles à la testostérone téflon. Mais mon ex a d'autres qualités. Il est tendre et bon. Intuitif et drôle. «Quoi, tu viens de t'apercevoir que Chopin c'est poche? Que tu portes une robe de concert qui te donne l'allure d'une juive hassidique évadée d'Outremont?» Je le regarde avec tendresse. Chopin me fait chier et je me trouve ridicule dans ma grande robe bleue. Je ris. Je lui demande pourtant gravement à quoi ça rime tout cela? Répéter du Chopin toute sa vie, pourquoi? «Ben voyons, Aurélie, parce que Tricot Machine compte déjà une fille dans le groupe...»

J'ai envie de lui dire qu'il est une des rares personnes à m'avoir donné l'impression d'être en adéquation avec la musique de mon corps, et que je ne veux plus jouer si je ne le sens pas complètement. Je le regarde quitter ma loge, fière d'avoir choisi pour partager ma vie pendant quelques années un être si fort et si fragile à la fois. Voilà le petit baume des amours distillées, multipliées, car chaque fois, *les feuilles mortes, Te rappellent à mon souvenir, Jour après jour, Les amours mortes, n'en finissent pas de mourir...* Car justement, elles ne meurent pas, elles s'accumulent et se transforment. Elles forment la courtepointe de petites lumières que l'on aperçoit du haut du Mont-Royal...

Je suis montée sur scène sous les applaudissements de rigueur. Dans la salle, j'ai aperçu Vladimir qui était aux premières loges. De loin, je devinais son regard encourageant. À quelques sièges de lui, mon gros chef d'orchestre souriait, avenant. Puis, évidemment, toute ma famille endimanchée et nerveuse était venue m'écouter, m'appuyer. Je me suis assise sur le banc de cuir. Louis s'est penché sur la partition, fin prêt et en sueur. Je lui ai murmuré quelque chose à l'oreille. Il a paru contrarié et perplexe. Alors j'ai improvisé, à partir du souvenir que j'avais de la magnifique chanson que Léo Ferré a écrit sur les mots d'Aragon : *Est-ce ainsi que les hommes vivent ?* Puis, j'ai interprété *Just like a Woman* de Bob Dylan. Rassérénée, j'ai dit à Louis d'ouvrir le cahier de la première *Nocturne*.

J'ai regardé la salle et je me suis dit, en riant, que parmi les spectateurs se trouvait certainement le prochain mec que j'amènerais rouler une pelle sur le Mont-Royal...Tiens donc, je venais d'embrasser l'absurde et de me réconcilier avec Sisyphe. J'ai livré une « performance sereine » ont écrit le lendemain les critiques, mentionnant au passage un prélude déroutant au chef-d'œuvre de Chopin. Il faut toujours soigner les préludes, car la vie n'est qu'une vaste séance de préliminaires qui attend l'orgasme violent.

MONOGAME
EN
SÉRIE

Je marche en enfouissant les mains dans mes poches. Le froid traverse ma peau. Je n'ai pas mis de gants. Je croyais qu'il faisait plus chaud. Nous sommes à ce temps de l'automne où on ne sait jamais quoi porter. Un jour, il fait chaud comme si c'était encore l'été, le lendemain, la température a chuté de dix degrés. Je ne me suis pas préoccupée non plus de l'opinion de ma voisine, une dame âgée, qui se tenait sur le trottoir et qui m'a lancé, au moment où je sortais : «Y fait beau mais y a une petite fraîche.» Je me suis dit que les personnes âgées avaient toujours froid. Et qu'elles étaient du genre à lancer des phrases comme ça, pour faire la conversation. Je lui ai souri et j'ai poursuivi mon chemin.

Je pourrais prendre un taxi. Mais je ne suis pas si pressée d'arriver à mon rendez-vous, alors je préfère endurer le froid.

Je ne suis pas pressée parce que je dois rejoindre Éric, un gars que je fréquente depuis deux semaines. Nous allons passer le weekend dans un hôtel chic (son idée), ce qui annonce le début de la fin. Ce n'est pas qu'il ne m'intéresse pas. Il est super, en fait. Mais nous sommes à ce moment précis où les choses se corsent. Le moment où, après quelques rendez-vous durant lesquels on a l'impression de flotter sur un nuage, une discussion s'amorcera sur la direction que prendra «tout ça». «Tout ça» étant cette rencontre qui, au final, ressemble à toutes les autres et qui se terminera de la même façon : en queue de poisson.

Après la fin de semaine qu'on passera au lit à baiser, à regarder des films et à commander tous nos repas à la chambre parce qu'on ne sera pas capables de défusionner, on repartira chacun chez soi. Il ne m'appellera pas pendant quelques jours et je me demanderai pourquoi il ne le fait pas alors que nous parlons au téléphone tous les jours depuis le début. Je lui enverrai un texto. Il me répondra poliment. Je sentirai que quelque chose a changé. Puis, il m'appellera. Et après un grand moment de malaise, il me dira qu'il sent que c'est allé trop vite (alors que c'est lui qui a organisé chaque sortie), qu'il se sent coincé à l'idée de devoir se rapporter à quelqu'un tous les jours (alors que c'est lui qui m'appelle tout le temps) et qu'on n'aurait pas dû aller en weekend si tôt (alors que c'est lui qui l'a proposé). Je dirai d'un ton détaché : «Ah oui, pas de problème, prenons ça relax.» Mais, au fond, je me demanderai s'il a aimé sa fin de semaine. Je me demanderai si j'ai fait une gaffe, un geste de trop. Ce genre de chose futile qu'on fait, nous, les filles, mais que toutes nos amies nous déconseillent de faire : poser trop de questions sur son ex, parler trop de notre ex, exprimer trop clairement une insécurité... J'en arriverai à la conclusion que j'ai tout saboté et, la prochaine fois que je le verrai, je ne me sentirai pas moi-même et je voudrai jouer à la fille au-dessus de tout ça, mais je n'y arriverai pas. Je ne suis pas comédienne. Je ne peux pas simuler des émotions que je ne ressens pas. Je ne pourrai pas avoir l'air de la fille qui s'en fout alors que je ne m'en fous pas. Il le remarquera. Il me demandera si je vais bien. Je lui exprimerai mes doutes. Et la conversation sera trop intense pour lui. Il me dira qu'il sent de la pression, qu'il n'est pas prêt à s'embarquer dans une relation, et ce sera fini. Pendant notre conversation, il sera distrait par des textos qu'il reçoit sur son iPhone. Une semaine plus tard, je le croiserai au bras de sa nouvelle fréquentation.

Je le sais. Je connais chaque menu détail de ce genre de relation. Je fréquente le même homme depuis des années. C'est seulement que chaque fois, il porte un nom différent : Marc-André, Mathieu, Alain, Olivier, Martin, Guillaume, Julien, Jean-François, Jean-Philippe, Louis-Philippe, Louis-Martin... Cette fois-ci, c'est Éric.

Je suis une monogame en série.

Je passe les portes de l'hôtel où Éric m'a invitée. Il m'a dit qu'il m'attendrait dans le lobby. Il est là. Il sourit en me voyant arriver.

J'ai rencontré Éric dans un bar. Histoire typique de fin de soirée. Il attendait pour commander un verre. Moi aussi. On s'est dit quelque chose pour engager la conversation. Il m'a ajoutée sur Facebook surplace en faisant une blague. M'a écrit un message dès le lendemain. Qui a abouti sur un rendez-vous. Puis deux. Puis trois. Bref, un copier-coller de toutes les rencontres antérieures, ou presque.

J'avance vers lui. Il est debout, tenant son sac à dos sur une épaule. Il porte une barbe de trois jours et je remarque le poil de son torse dans l'échancrure de son chandail. Poil dans lequel je prendrai plaisir à glisser mes doigts toute la fin de semaine, sans doute pour la dernière fois. En avançant vers lui, je ne peux m'empêcher de penser au fait que je ne dois pas m'emballer. Si je m'emballe, je vais être une fois de plus blessée lorsqu'il me dira que tout va trop vite et qu'il n'avait pas réalisé qu'au fond, il n'est pas prêt pour une relation. Je ne dois pas me laisser transporter par toutes les belles paroles qu'il me chuchotera et qui pourraient temporairement dissiper mes doutes. Ce sont des mots du moment présent, qui s'envolent aussitôt qu'on se met à y croire. Je dois seulement prendre cet instant pour ce qu'il est : une fin de semaine où je fais une activité plus originale que si j'avais été seule. Dans ce cas, qu'aurais-je fait ? Du ménage, du lavage et l'épicerie.

J'arrive près de lui en me demandant si je dois l'embrasser sur la bouche ou sur la joue. Nous n'avons pas de statut clair et nous sommes dans un endroit public : que faire ? Est-ce que nous en sommes à nous embrasser publiquement comme si nous étions un couple ?

Il m'embrasse spontanément sur la bouche et me demande :

« Tu as l'air bizarre. Quelque chose ne va pas ? »

Je fais non de la tête en souriant. Je n'ose pas lui révéler que je me demandais si je devais l'embrasser sur la bouche, alors qu'il m'invite dans un hôtel, ni que je suis convaincue que ce weekend, qu'il trouve sans doute fort romantique, marque le début de la fin.

On fait le *check-in*, bras dessus bras dessous. On monte à notre chambre en s'embrassant passionnément dans l'ascenseur. On est à peine entrés dans la chambre qu'on se jette sur le lit.

Après avoir perdu la notion du temps dans ses bras, je tente de contenir tout élan de bonheur qui pourrait m'envahir. Car si je m'y abandonne, je vais être déçue lorsque Éric m'appellera pour m'annoncer qu'il préfère en rester là. Je m'en voudrais d'avoir été si naïve, d'y avoir cru encore une fois, alors que je sais exactement comment les choses se passent. Je me sentirai nulle d'avoir gobé des paroles creuses. Celles qui nous achèvent au moment où on baisse la garde. Celles auxquelles on repense en boucle une fois que c'est terminé, en se demandant s'il y en avait au moins une de sincère.

Il me propose qu'on descende au resto. Juste avant, nous prenons une douche. Ensemble. Sans vraiment nous laver.

Pendant que nous mangeons, je n'ose pas me laisser aller à imaginer ce que pourrait être nous deux. Il est beau, intelligent, drôle, nous avons plein d'intérêts communs. Mais puisque ça ne durera pas, à quoi bon m'emporter ?

« Tu sembles un peu préoccupée aujourd'hui, dit-il en avalant une bouchée de sa bavette de bœuf.

— Non. Je suis... contemplative. J'apprécie le moment. »

Pas trop quand même. Je dois garder la tête froide. Si je lui trouve plein de défauts, ce sera moins difficile d'encaisser le choc d'un nouvel échec. Voyons, quels sont ses défauts ? Sa voix peut-être. Oui, sa voix peut parfois être énervante. Il fait quelques fautes de français aussi. Il commence à caler également. Dans cinq ans tout au plus, il sera chauve, ça lui donnera un coup de vieux et j'aurai l'air vieille à ses côtés.

« Est-ce que je peux t'embrasser ? demande-t-il.

— Ben...

— Non ?

— En fait...

— Écoute, tu sembles vraiment bizarre. Parle-moi. On dirait vraiment que quelque chose ne va pas. Tu n'es pas comme ça d'habitude. »

« L'habitude » n'est basée que sur les quelques rendez-vous que nous avons eus avant de venir ici.

« Bon, si t'insistes. En fait, je ne sais pas trop si on devrait s'embrasser en public.

— Pourquoi ?

— Parce que... je ne sais pas trop comment agir dans ce genre de situation. On s'embrasse ? On s'embrasse pas ? À quel moment on peut le faire ? À quel moment on ne peut pas ?

— On se laisse aller. Si on a le goût de s'embrasser, on s'embrasse.

— OK.

— Et si on est en train de manger et que j'ai le goût de t'embrasser, comme maintenant... »

Il s'avance. Je l'arrête dans son élan.

« Tout le monde va nous regarder et parler de nous.

— Ouf, je me demande ce qu'ils vont dire : « Avez-vous vu ? Ils s'embrassent ? EN MANGEANT ! Espèces de gros dégueulasses ! » Tu as raison, il ne faudrait vraiment pas partir ce genre de rumeurs à notre sujet, ça pourrait détruire nos réputations. »

Danger. Ça a commencé. Il a senti ma peur et il a activé la fonction charme. Si je me laisse attendrir par ses paroles, ce sera la fin. Je serai charmée. Il n'aura plus besoin de dire quoi que ce soit pour me séduire, car je serai déjà acquise. Il s'ennuiera. Il ne m'embrassera plus en public. Je me demanderai pourquoi il ne le fait plus, alors qu'au début, il insistait tellement. Il me répondra quelque chose de très rassurant sur le coup. Et puis il partira. Je ris. Rire dédramatise toujours tout. Il dit : « Maintenant qu'on a réglé la question de s'embrasser en public, ça va mieux ? » Je l'embrasse. Je ne peux pas lui apprendre que nous n'avons pas d'avenir, ça gâcherait tout. J'ai envie de tout laisser tomber. J'ai envie de le laisser tomber, lui, qui représente Marc-André, Mathieu, Alain, Martin, Guillaume, Julien, Jean-François, Jean-Philippe, Louis-Philippe, Louis-Martin...

J'en veux à ce monstre à plusieurs têtes de m'avoir fait croire mille fois plutôt qu'une que nous deux, ça pourrait être possible. De m'avoir fait croire mille fois plutôt qu'une qu'on irait en voyage. De m'avoir fait croire mille fois plutôt qu'une que ça durerait toujours. De m'avoir fait croire mille fois plutôt qu'une que j'étais unique, alors qu'il y en avait plein d'autres.

« Tu veux la vérité ? OK, je vais te la dire. Je pense que je n'arrive plus à jouer la *game*. À croire que tout est possible. De m'ouvrir à une nouvelle personne pour finir blessée. Je suis usée, je pense. Je voudrais me laisser aller, ce weekend, mais j'ai peur que ça te fasse peur et que tout le plaisir qu'on a ensemble soit finalement gâché par ma peur de te faire peur et la peur que tu auras à retardement parce que tu ne te rendais pas compte sur le coup que ça te faisait peur.

— Je ne te suis pas. »

Peut-être qu'au fond, ce qui me déçoit le plus de ces histoires qui se suivent et se ressemblent, c'est que chaque fois, je finis par y croire. Même si j'en connais l'issue, je suis surprise quand ça se termine, car j'avais fini par penser que ce serait différent. Et peut-être que si cette notion de surprise était enrayée, je pourrais profiter davantage du moment présent.

« Écoute, dis-je, j'aurais quelque chose à te proposer. Laissons tomber toutes ces belles paroles, le jeu de la séduction et toute cette *bullshit*-là. Je pense que je me sentirais mieux si on se disait les vraies affaires et si on déterminait aujourd'hui la date de notre rupture. »

Pourquoi n'ai-je pas pensé à cette solution avant ? Chaque fois que j'encaisse un nouvel échec, je me demande où je me suis trompée, convaincue de ma culpabilité.

Peut-être que mon erreur, c'est justement de penser que ça va durer, alors que je sais très bien que ça ne durera pas. Si j'abordais chaque nouvelle relation avec lucidité, avec la certitude que ça se terminera, comme je le fais déjà, mais avec la complicité de l'autre personne, le tout abordé en toute légèreté, je m'éviterais beaucoup de déception. Lueur d'espoir.

Éric me regarde longuement et finit par m'avouer :

« Je suis un peu sous le choc. J'ai vraiment envie de te connaître un peu plus. Je pensais... qu'on avait du fun.

— Mets-en ! C'est justement ça, le problème. On va apprendre à se connaître, sortir ensemble, ça va se rendre on ne sait pas où. Et un de nous deux va éventuellement être déçu. J'ai le goût de vivre une relation réaliste. Où on envisagerait la rupture comme une étape incontournable de notre histoire. En fixant tout de suite un terme à tout ça, on évite les déceptions. On a le temps de se préparer mentalement et de vivre pleinement la relation sans avoir peur que ça finisse du jour au lendemain, sans qu'on ait rien vu venir, parce qu'on aura déterminé ensemble le jour de notre rupture.

— J'ai une question à te poser. As-tu peur de l'engagement ?

— Euh... toi?

— Non. Mais je crois que toi, oui. Moi, je ne me pose pas de questions, je voudrais être avec toi. Toi, qu'est-ce que tu voudrais?

— Euh... comme dessert?»

Tu vois? Tu n'es pas capable de répondre. Mais moi, oui. J'ai envie d'être avec toi.

«Oui, tu dis ça maintenant, mais quand tu vas rentrer chez toi après le weekend, là, tu vas commencer à te poser des questions. Tu vas trouver qu'on est allés trop vite et ça va te faire peur. En déterminant la date de rupture tout de suite, on va pouvoir profiter du moment présent sans que tu te sentes étouffé et sans que j'aie l'impression d'avoir une épée de Damoclès au-dessus de la tête, prête à me tomber dessus à ma première erreur.

— Ce serait quoi, ton erreur?

— D'y croire.»

Oui, y croire, c'est la pire erreur qu'on puisse faire. Je ne peux compter le nombre de fois où, après quelques rendez-vous, le gars me disait qu'il avait hâte de me présenter sa famille. Et au moment où je finissais par lui demander : «Alors, quand est-ce que je rencontre ta famille?», il mettait un terme à la relation. Ou les fois où un gars m'a dit : «Ce serait super de faire un voyage», et qu'au moment où je lui arrivais avec une idée de destination, il me disait que ça allait trop vite, et je n'entendais plus parler de lui. Bien sûr, Éric sort l'artillerie lourde en me parlant d'engagement et de son désir d'être avec moi. Aussitôt que je lui répondrai «moi aussi», il se sauvera. Et je serai de retour à la case départ. J'ajoute :

«Je suis fatiguée de me faire des illusions, je pense.

— OK, ça a vraiment du sens, ce que tu dis. J'accepte ta proposition.

— Ah oui ? Ouf, je suis soulagée. J'avais peur que tu le prennes mal. Ou que tu me trouves un peu... détraquée.

— Non, t'es lucide.»

Je sors mon iPhone pour inscrire la date dans mon agenda.

«OK, donc, le 15 décembre, ça te va ? Comme ça, ça nous laisse environ deux mois pour être ensemble. C'est assez pour se connaître et pour avoir du fun, mais aussi pour découvrir nos pires défauts. En plus, on évite toutes les fêtes, les cadeaux, les soupers de famille, bref, tout ce qui met beaucoup trop de pression...

— Oui, le 15 décembre, ça me va. Mais... j'ai une question.

J'arrête d'écrire au «p» de «rupture» et je lève la tête vers lui.

— Est-ce que c'est obligé d'être le 15 décembre de cette année ?»

Mon doigt reste en suspension au-dessus de l'écran de mon téléphone.

Ma carapace est percée.

Il se lève et s'avance pour m'embrasser. Je ne le repousse pas. Tout le monde nous regarde. Et je m'en moque.

Sa voix m'enivre. Il ne fait pas plus de fautes de français que moi. Et ses cheveux, je les lui arracherais tellement j'ai envie de les toucher.

Nous finissons notre repas. Il paie. Nous traversons le lobby. Nous prenons l'ascenseur. Il me tient la main. La porte de l'ascenseur commence à se fermer lorsqu'une dame âgée essaie de la retenir, sans succès. Éric bloque la porte avec son bras, la femme entre, en le remerciant. Elle sort un étage avant nous et, avant de partir, elle me lance :

«Occupez-vous bien de lui, c'est un bon garçon.»

Et Éric lui répond :

«C'est moi qui vais m'occuper d'elle.»

Je me blottis spontanément contre lui pendant que je regarde la dame s'éloigner. Il me murmure qu'il faut toujours écouter les gens âgés.

Demain, nous quitterons la chambre en retard. En sortant de l'hôtel, je l'embrasserai passionnément, comme il aurait voulu que je le fasse ce soir. Nous retournerons chacun chez soi. J'arriverai chez moi le cœur léger. Je penserai à chaque détail de la fin de semaine. Ça me déconcentrera de mon travail. J'écrirai à mes amies pour leur confier à quel point c'était merveilleux. À quel point cette fois-ci, je le jure, c'est différent. Je lui enverrai un texto pour le remercier de la fin de semaine. Il répondra par un bonhomme sourire.

Puis les jours passeront. Bien avant le 15 décembre, il me rappellera pour me dire que tout est allé trop vite, qu'il n'est finalement pas prêt pour une relation. Je lui demanderai pourquoi il m'a laissé croire le contraire. Il m'assurera qu'il était sincère sur le coup, mais qu'il a réalisé par la suite qu'il avait besoin de temps pour lui. Et une semaine plus tard, je le croiserai au bras d'une autre fille. Je le sais. Car je fréquente le même homme depuis des années. Je suis une monogame en série.

Mais pour le moment, toujours blottie contre lui, avant que les portes de l'ascenseur se referment, je veux y croire. Seulement pour quelques instants.

JE VOUS FERAIS L'AMOUR, MADEMOISELLE, CE SERAIT UN SCANDALE !

Nescis, temeraria, nescis quem fugias :
ideoque fugis.
Ovide

Qui n'a pas rêvé un jour d'en finir avec la galanterie ? J'imagine quelquefois un monde où le sexe serait libéré des contraintes de l'espace. Où le désir serait si fort et la société si libre, que rien n'empêcherait un homme et une femme de faire l'amour sur la table d'honneur, de rouler dans les verres sans en casser un seul. Je ne sais pas ce qui nous retient de courir nu sous la pluie. Je n'ai jamais envie de fermer les rideaux. Les nuits sont désertes depuis trop longtemps, et les couples fourmillent pendant que les abeilles cherchent la reine dans des alvéoles sur le point de fendre et de laisser couler leur miel sur le cafard de l'aube.

Ce matin-là, je n'ai pas remarqué que j'étais devenu un monstre. Je laisse cela aux miroirs, aux rasoirs qui traînent dans les allées désertes, aux archives de l'amour qui brûle. On n'a jamais si bien aimé qu'en aimant. Je ne croyais pas avoir besoin de le redire depuis le nouveau siècle, mais il semble que le temps n'aime pas l'amour et qu'il faut se battre pour s'oublier dans l'autre, qu'il faut jouer à ne pas jouer du tout. Le temps perdu chasse l'amour aux confins des retards, et il aime planter ses crocs dans son cou comme un vampire sans manières, et boire à même l'aorte la salive bègue des mots muets. Et comme personne n'aime perdre son temps, à mon grand malheur, je suis bien obligé de boire au silence qui nous unit dans l'absence.

Je ne partirai jamais d'ici. De ce courant d'air qui fait danser les tissus sur les corps de la rue, de la rue qui vibre au moindre sursaut de chaleur dans un printemps qui tarde, du printemps rappelant à tout un chacune l'imparable beauté des êtres, car c'est la première fleur à pousser à travers la neige. Nous ne sommes pas dupes du manège qui démarre et de l'été qui vient. L'été glissera sur les peaux comme l'huile étalée sur la viande, tout brillera sans fin et c'en sera fait de nos états d'âme, nous ne serons plus que des bêtes lâchées en forêt avant le grand incendie. Tout cela est infiniment ridicule. Car personne ne veut vraiment partir de l'été. On attend son retour avec tant d'espoir qu'il n'arrive jamais assez loin. Nous sommes en avant de sa perte.

Que diable allaient-ils faire dans cette galère ? C'est la question primordiale que tout couple doit se poser sur lui-même, à la troisième personne, comme Jules durant la guerre des Gaules. Je ne crois pas qu'il y ait une réponse à cette question, comme *je ne me crois pas embarqué pour une noce avec Jésus-Christ pour beau-père*, comme le disait si bien Arthur Rimbaud, après avoir goûté aux charmes composés du féminin/masculin.

On s'étonne couramment du fait qu'à l'âge de vingt-sept ans, j'aie passé neuf ans de ma vie avec la même personne, sans jamais souffrir de l'appel de l'autre, d'une autre. C'est sensiblement pour la même raison que je n'ai jamais senti l'urgence de parcourir le monde, car je me méfie comme de la peste de cette manie de voyager pour se fuir soi-même. Il ne faudrait pas cependant être dupe de soi-même et croire que l'on n'a jamais eu envie de partir, de goûter, de prendre le pari supposément nécessaire de l'altérité, qu'elle soit géographique ou amoureuse. Le monde est peuplé de ces beautés lumineuses et sombres qui passent comme des lames dans ce cœur houleux dont on ne peut se départager qu'au prix de la honte de soi, de cette honte fondamentale de l'homme contemporain, telle que l'a décrite le penseur juif allemand Günther Anders dans son essai capital, *L'Obsolescence de l'homme*. Devant ses propres constructions, devant ses mécanismes parfaitement huilés, devant l'infinie reproductibilité de ses produits, l'homme oppose malgré lui sa faillibilité, sa mortalité, sa honte d'être unique. Il voudrait tant se reproduire dans tous les miroirs que lui offre sa conscience, se réaliser à chaque occasion qui se présente, qu'il imite la mécanique industrielle dans tout ce qu'elle a de plus inhumain. Les relations amoureuses n'échappent pas à cette domination de la pensée mécaniste qui, du XIXe siècle à nos jours, étend de plus en plus ses tentacules sur ce qui autrefois luttait contre l'attirail épouvantable des unions forcées; à savoir, la reconnaissance de l'Autre comme destinataire unique et garant de l'oubli de soi.

Or, quand je dis l'oubli de soi, il ne faudrait surtout pas présumer que je veux signifier par là que l'amour permet de se délester du poids de l'existence, mais plutôt que l'amour est un affront à l'égoïsme et à la vanité. Je ne crois pas me tromper en affirmant que les relations amoureuses qui président aujourd'hui à l'accouplement de la majorité de mes contemporains n'ont plus rien du mystère qui entourait autrefois cette jetée sans merci de l'être aux confins de l'Autre. Ils pensent tellement à se réaliser en tant que produit dans cette société doublement impudique et honteuse qu'ils en oublient de s'oublier. La voie est pénétrable à souhait, et le premier pas accompli par ces nouveaux couples qui attendent depuis si longtemps de trouver chaussure à leur pied est le plus souvent l'achat d'une propriété, d'une voiture, puis la fatidique procréation qui les empêchera illusoirement de se désunir. À ce compte-là, Cendrillon fait figure de révolutionnaire, elle qui n'a eu qu'à tendre le pied pour confondre la hiérarchie sociale dans laquelle elle s'était couverte de suie, jour après jour, et de mener le bal le temps d'une danse, en laissant derrière elle ce précieux témoignage de son unicité.

Les forts en gueule faussement pragmatiques me reprocheront peut-être de jouer là le jeu des contes de fées et d'induire mes lecteurs en erreur en leur laissant croire que ces amours féériques sont encore possibles de nos jours. À ceux-là, je répondrai que les contes et légendes que les frères Grimm ont miraculeusement sauvés de l'oubli nous offrent de précieux renseignements sur l'évolution de la pensée amoureuse durant le Moyen Âge, époque à laquelle, contrairement à ce que les historiens patentés brossent sur le tableau idéologique de leur humanisme déchu, la mystique a fait corps avec le langage. De la mort de saint Augustin, le 28 août 430, à l'immolation publique de Marguerite Porète, le 1er juin 1310, de longues tresses d'amour ont écumé le bouillon d'êtres qui palpitait alors dans le cœur de l'Europe. Les millénaristes annoncèrent la venue de l'Esprit, après le royaume du Fils et la loi du Père. Ils ne se doutèrent jamais à quel point ils auraient raison. L'Esprit, mes amis. Il est là, il nous attend. L'Esprit tout-puissant de l'Homme qui se réveille après un long sommeil. C'est loin d'être la Belle au bois dormant !

À ce triomphe de l'Homme et de sa bêtise s'ajoutèrent, progressivement, les poids que l'on prit plaisir à délester sur le dos des femmes, qui portaient déjà presque tout. N'avaient-ils pas compris que le véritable miracle, c'est l'amour ? Ou était-ce trop simple, trop évident, pour effleurer leur esprit, avides d'être là, comme une idée fixe dans la grève des mouvements. Je ne sais pas. Je ne sais pas qui sont les hommes qui ont réussi à faire de ce monde une illusion qui se meurt dans la lueur des années. Et mes amis, que sont mes amis devenus ? Il n'y a plus rien ni personne, sauf le bel amour qui m'a permis de m'oublier, et qui a d'abord laissé pendre ses tresses du haut de la tour, le temps de voir si je pouvais grimper jusqu'à elle. En tournant la tête, je pouvais encore voir l'ombre fuligineuse qui dispersait aux quatre vents ses bribes de réponses, comme une amante en fuite qui ne sait pas pourquoi elle court. Arrivé au sommet, j'ai entendu cette chanson qui avait bercé mon adolescence :

Oisive jeunesse
À tout asservie,
Par délicatesse
J'ai perdu ma vie.
Ah! que le temps vienne
Où les cœurs s'éprennent.

C'était les *Fêtes de la patience*. Qui donc chantait cet air, dans la taverne ensoleillée de nos amours passagères? Alors que la lumière dorait les choppes bien remplies, que les rires fusaient de toutes parts, qui donc chantait cet air? À notre table, il y avait là Villon et Rutebeuf, Rimbaud et Apollinaire. Ce dernier pleurait Rosemonde, qu'il avait suivie dans Amsterdam comme un voyou, espérant cueillir son regard. Était-ce la même princesse lombarde qui s'était enlevé la vie à Vérone avec son amant, tandis que l'on buvait dans le crâne de son père? Guillaume n'en savait rien. Nous étions là, à bercer nos jours dans la langueur effrénée du sort, chacun prenant son personnage au sérieux, et les atours de la danse parlaient pour mieux nous soûler de ces mots enivrants qui nous servaient de corps. La poésie, dernière mystique fulgurante dont la carrière à ciel ouvert filait au loin comme une Laputa épargnée par les bombes du fol amour, île volante où nous pouvions manœuvrer à toute allure à travers les contrées imaginaires de notre peu de réalité, la poésie était bien la dernière à faire corps avec notre vie. Elle était l'aune sur laquelle nous mesurions les amours, notre science de la passion ne connaissait point d'autre thermomètre. Le mercure parfois chauffait si fort qu'il fallait aller prendre de l'ombre dans cette taverne où le soleil ne frappait jamais que sur les pintes. Là, nous chantions cet air que nous avions appris de nos frères d'infortune, de ces poètes qui étaient les derniers descendants des trouvères fatigués de parcourir la nuit rhénane, de casser leur verre au milieu des éclats de rire.

Voilà comment mes neuf vies de chat passèrent, comme l'air d'une chanson oubliée, au bord du feu de mes souvenirs, avec mes amis depuis longtemps disparus. Il restait toi, avec ton hibou aux yeux d'or, qui me protégeait par contumace du sort qu'on cherchait à me jeter. Non, par les nuits, personne n'aurait jamais l'audace de se dresser entre la forêt et la tour pour m'empêcher d'aller de l'une à l'autre, pour bouleverser mon cœur sauvage épris de fièvre après l'errance et l'infortune. C'est comme cela que j'avais appris à parler, je n'allais surtout pas faire taire ce chant qui m'avait tant coûté, qui m'avait tant fait pleurer durant les siècles de l'hiver. Pour me protéger du froid, je n'avais qu'un manteau de pluie. J'avais cousu une lettre dans la doublure, pour être certain de ne jamais la faire parvenir à celle qui habitait la forêt de mes songes. On racontait qu'un espion avait réussi à la voir complètement nue, pendant qu'elle se lavait sous une chute, et qu'elle le fit dévorer par ses chiens. Je n'en croyais pas un mot. Mais pourquoi me fuyait-elle ainsi, elle qui ne m'avait jamais vu, pourquoi fuyait-elle ce qu'elle ignorait ? Je ne connaissais ni les secrets de la médecine, ne possédais ni les rudiments de tous les arts, ne maniais ni l'arc ni l'épée, mais je pouvais dormir d'un sommeil si beau qu'elle en devienne jalouse de la lune qui m'éclaire.

Je pérorais ainsi sur la genèse de mes amours, quand du fond des bleus lointains, une voix s'éleva comme l'étoile du berger au bout du petit matin. J'étais de retour au pays. Le fleuve aux grandes eaux ouvrait ses bras devant moi. Avais-je rêvé cette forêt, cette tour d'où partait l'air inconnu que je savais par cœur ? La taverne aussi avait disparu, emportée par la destruction continue de tous nos repères, dans la ville pétrifiée qu'autrefois je parcourais sans me douter qu'elle ne serait plus jamais la même. Sur les ruines du mur qui retenait la mer d'engloutir les rues, je voulais t'embrasser et tu m'avais demandé d'attendre. Je tremblais du froid de ne pas t'embrasser, et tu disais que la mer était ta plus fidèle amie. Je ne t'écoutais pas. Je regardais tes lèvres et je n'avais plus de mots. Je te les avais tous donnés. Tu pouvais en faire ce que tu voulais, les jeter aux orties et me piquer de ton refus. Mais tu n'as pas dormi cette nuit-là, ni les suivantes. J'avais enfin troublé ton sommeil. La Belle au bois dormant s'ouvrait les yeux sur un prince revenu des nombreuses guerres où il avait combattu l'absence. Et des années plus tard, pendant que je veillais ton sommeil, j'avais prononcé cette formule : *Je veux vivre avec toi aussi longtemps que tu vivras, et je veux que tu vives aussi longtemps que le monde.*

Cette confession, je la prononce sur le ton de ceux qui n'ont plus rien à perdre. On ne me prendra pas à compter les jours qu'il me reste auprès de celle qui m'accompagne. Cent fois j'ai retourné dans ma tête le film de mes désirs. Les voix s'y entremêlent comme des enfants perdus laissés au front, sans queue ni tête. Je me souviens alors des rayons dorés qui berçaient nos absences. Que sont mes amis devenus, si l'amour est morte au chevet de cet homme qui jure n'avoir jamais aimé qu'une femme dans sa vie ? Si je suis devenu un monstre d'innocence, c'est pour ne pas devenir cet homme. Les intrigues policières n'ont rien à voir avec les intrigues amoureuses. Et c'est pourquoi je serai toujours du bord des criminels. Qu'on me mette en prison, ce serait trop beau. Quelles pages infinies je noircirais de mon encre si l'on m'empêchait *vraiment* de sortir.

C'est pourquoi je t'écris aujourd'hui, pour te dire que je m'en vais. Je n'ai plus envie de toi, Littérature. Mes manuscrits sont tombés aux mains de pirates magnifiques, et je souhaite qu'ils les perdent dans un combat sanglant contre la société. Je veux pouvoir dire à mes enfants que leur père a autrefois aimé sans trêve, et qu'il est aujourd'hui plus jeune qu'il ne l'a jamais été. Derrière la porte de la salle de bains, ils entendront leur mère chanter comme au premier jour de leur naissance, comme au premier jour de notre rencontre. Cet air, il me permet de ne pas désespérer du quotidien, car il me rappelle que nous sommes libres d'imaginer toutes les forêts du monde, du haut de notre tour que les oiseaux visitent à chaque jour en nous apportant des nouvelles fraîches du combat qui se déroule à nos pieds. Je suis libre d'y prendre part, comme j'ai la conviction qu'il est perdu d'avance, tant personne ne croit plus aux contes de fées. Je descends quelquefois prêter main vive à ce vacarme où s'effritent nos baisers, pour m'assurer que mes amis ne jettent pas au vent mauvais leurs plus beaux désirs.

Et quand je rencontre une âme sensible aux élans imaginaires qui permettent d'aimer sans trêve, elle me donne l'espérance que tout n'est pas perdu. Peut-être qu'en dehors de ce combat sans vainqueur, il existe toujours une fable pour donner du sens à nos paroles. Peut-être que l'amour n'est pas morte si le film de nos lèvres continue de tourner dans la nuit comme un rêve dévoré par le feu.

LA LICORNE
EN SHORT SHORTS
ROUGES

1. Le potager

Il y a derrière chez moi – derrière chez nous (on est un «nous»
depuis huit ans) – un potager. Un carré de huit par huit qui
m'appartient, à moi, juste à moi. Mon potager, plein de terre
et vide de légumes. Juste de la belle terre que je brasse avec
des petites pelles, que je bêche et remue en me salissant les
doigts. Il y a bien quelques tuteurs plantés ici et là, quelques
étiquettes qui parlent de tomates et de laitues, mais c'est
pour le look. La terre que j'y brasse n'a jamais vu l'ombre
d'une graine de quoi que ce soit.

Un huit par huit avec des plants de rien.

Et pourtant, chaque jour, je passe une heure ou deux dans
mon potager. À faire pousser des idées. À planter des questions. À arroser du noir bien broyé. Mon potager, mon refuge.

Là où je cultive les «si».

Si j'avais à me suicider, comment je ferais? Si j'avais des enfants, comment je les appellerais? Si je pouvais revenir dans le passé, est-ce que ça serait pour baiser une dernière fois avec mon avant-dernière ex? Si ma blonde était moins là, est-ce que je l'aimerais mieux? D'immenses «si» aux racines qui touchent la Chine. Je n'ai pas le pouce vert. J'ai le pouce intellectuellement torturé. De mon potager, à l'abri du quotidien, je vois la fenêtre de la cuisine. Parfois, Clara me regarde brasser de la terre, et elle ne réagit même plus. Au début, elle me trouvait mauvais jardinier: «J'attends toujours tes tomates», disait-elle, sourire aux lèvres. Puis, elle m'a trouvé carrément épais: «Ça fait deux ans, pis j'ai pas vu une maudite tomate. Vas-tu arrêter de perdre ton temps là-dedans...» Puis, plus rien. Maintenant, elle accepte que je jardine sans récolter la moindre poussière de légume.

Clara est formidable.

Mais pas tant que ça.

2. Pédalo part one

Dans un pédalo, peu importe l'intensité avec laquelle tu pédales, tu avances toujours à la même vitesse: lent. Ça doit faire une heure qu'on a quitté le quai et qu'on pédale comme des malades, et si je tends le bras, je peux presque y toucher. Mais il fait beau, juste assez frais pour que je ne me mette pas en bedaine – c'est la faune locale qui doit être contente –, et le chalet qu'on a loué est magnifique. Sur le lac, dans ce pédalo jaune, le flouche flouche presque silencieux de notre quasi mouvement m'apaise. On est bien. Clara est belle. Douce. On ne dit rien, et tout est là, dans ces vagues, le bonheur de ne rien dire, d'être ensemble et de fermer nos voix, de laisser au vide le temps de s'emparer de nous, de moi. Il fallait un chalet, une campagne, un lac pour que le poids des paroles incessantes disparaisse. Le silence comme la plus douce musique qui soit. Ici, je n'aurais jamais besoin de potager. Ici, je pourrais aimer Clara à la folie.

Ou pas.

«À quoi tu penses?»

This is the day the music died. C'est quand je veux l'aimer qu'elle m'en empêche, quand le silence est à son plus savoureux qu'elle le brise.

«À rien. À nous.

— Tu trouves qu'on est rien?

— Non, pas du tout, c'est pas ça que... Non, rien.

— À quoi tu pensais?

— Je trouvais qu'on était bien, ici.

— C'est vrai, han? Ça fait du bien d'être loin de la ville un peu.»

Cruelle, elle laisse le silence retomber sur nous juste assez longtemps pour que j'y croie. Puis elle le brise de nouveau, et ça fait deux fois plus mal.

«On se parle plus jamais.

— On se parle tout le temps.

— On dirait que tu m'écoutes plus.

— Ça fait huit ans qu'on est ensemble, c'est normal qu'on ait un peu moins de choses à se dire, non?

— Ça fait neuf ans qu'on est ensemble...

— Pour vrai?

— Oui. Tu vois, tu fais même plus attention aux dates.

Qu'est-ce qui se passe avec toi ? Pourquoi t'es comme ça avec moi ?

— Je sais pas, Clara. Je me trouve pas différent, moi.»

Cruelle, encore. Doux silence, l'espoir qu'il durera, flouche flouche et paix. Mais non.

«Coudon', me trompes-tu ?

— Euh...

— Me trompes-tu ?

— Non... Ben, oui. Genre.»

À moi les concours oratoires.

3. Ma bigfoot à moi

Sur Saint-Zotique, angle d'Iberville. Le feu est rouge, j'attends qu'il se dégêne. Pour passer le temps, je regarde mon coude et le poil semi-incarné qui s'y trouve. Puis je lève les yeux, et elle apparaît, pouf, avec son chien au bout d'une laisse, sa camisole blanche, son bras tatoué et ses *short shorts* rouges. Elle traverse la rue en vitesse et, une seconde plus tard, elle disparaît. Je l'ai à peine vue, quelques ombres qui laissent deviner son visage, quelques courbes qui laissent imaginer son corps. Et une démarche. Une démarche. La confiance, l'arrogance, le petit ton de «je sais que tu me regardes» dans le pas.

C'est la plus belle fille que j'aie vue de ma vie.

Si j'avais pu la regarder plus longtemps, si elle m'avait vu, si elle m'avait parlé, si elle m'avait souri, peut-être que je changerais d'avis. Mais rien de tout ça n'est arrivé, et pendant cette seconde floue, j'ai vécu un moment de grâce paralysante. Une seconde juste assez longue pour que mon cerveau complète les soupçons d'image en une perfection d'un autre monde.

J'ai vu une licorne.

Et soudainement, en clignant des yeux, je me dis que je ne la reverrai peut-être jamais, mais que je devrai tout faire pour la revoir.

Ma bigfoot. Mon yéti. Ma licorne en *short shorts* rouges.

4. Faire pousser du Glenfiddich

Le lendemain, j'ai passé trois heures dans le potager. Pour une fois, il n'y avait pas trop de « si » qui traînaient dans la terre. Surtout des « wow », et quelques racines de « qui est-elle ». Et aussi, fidèle au poste, sous un pied de terre dans le coin nord-ouest, ma bouteille de Glenfiddich, bien scellée dans son Ziploc, prête à ce que j'y enfonce mes réflexions, et que j'en extraie la vérité.

Une gorgée, puis une autre, et cette licorne ne disparaîtra jamais. Gravée sur ma rétine, embrouillée, aveuglante. Des belles filles, j'en vois tous les jours. Elles apparaissent, je les remarque, elles disparaissent, je les oublie. Pas celle-ci.

Elle m'habite.

Pas très grande, mince, pleine d'énergie. Le genre de fille qui sait où elle va, qui ne se laisse pas marcher sur les pieds. *Wild* au lit, intello quand il faut, cultivée sans trop le montrer. Une fille qui sourit quand tu fais une niaiserie, qui t'embrasse en riant quand tu lui dis « je t'aime » pour la première fois.

Une autre gorgée, et une autre, et la licorne n'a pas de défauts. Et en plus, si je l'approche, elle mord sa lèvre inférieure avant de me dire un premier « Salut ! », et quand on se serre la main en se présentant, je sens qu'il y a dans sa peau toute l'électricité du monde.

Je suis nerveux, mais elle aime ça.

Elle me donne son numéro de téléphone, je le note en tremblant.

Elle me trouve drôle.

Trois heures dans le potager, et la licorne et moi on a une première *date*.

5. S'éloigner, mais ensemble

C'est peut-être mon silence, ou ces *short shorts* imprimés sur l'intérieur de mes paupières. C'est peut-être le soupir pendant le souper. Peut-être mon regard fuyant. Clara a du reproche dans la voix.

« Faudrait faire quelque chose.

— Comme quoi ?

— Quelque chose pour se retrouver un peu, nous deux. On commence à s'embourber, tu trouves pas ? Pis on s'engueule de plus en plus souvent...

— La vie de couple, la ville, le travail, ça fait ça, oui...

— On pourrait se louer un chalet une fin de semaine. Ça nous ferait du bien de nous évader un peu. Tu penses pas ? »

M'évader oui. Avec Clara, moins. Mais je n'ai pas envie de me battre, pas envie d'une autre engueulade qui débouche sur vingt-quatre heures d'airs bêtes. Je l'aime, Clara, ce n'est pas que je ne l'aime plus. Mais le banal a pris le dessus. Le poids des jours qui passent, du toujours pareil, de la même voix quand j'entends « bonne nuit » le soir. Et puis, il y a cette licorne.

Sur le site Web des chalets, on en trouve mille qui sont tous plus romantico-bucoliques que les autres. Le paradis en pleine nature, le septième ciel sur deux étages, vue sur le lac et pas de moustiques. On ne sait plus qui croire.

«Lui, il a l'air vraiment bien.

— Tellement pas... Mais lui, par contre...

— Bof.

— T'aimes jamais rien...

— Ben j'aime lui, je viens de te le dire...

— Oui, mais moi je viens de te dire "tellement pas".»

Et c'est parti. On s'engueule en magasinant un chalet qu'on veut louer pour arrêter de s'engueuler. Bravo.

Clara et moi, on s'aime de moins en moins. C'est évident. Mais on n'a pas le droit de l'admettre, parce qu'«on est faits l'un pour l'autre». On se l'est dit plein de fois.

6. La quête

Même jour, même heure, même coin de rue. Chaque semaine depuis la seconde qui a changé ma vie – et ma vue –, je retourne au feu rouge sur Saint-Zotique, angle d'Iberville. Je m'installe en retrait et j'attends qu'elle repasse. Elle ne repasse jamais.

J'aimerais tellement la revoir en vrai. Mais pourquoi?

Dans ma tête, on est rendus à la troisième *date* et on s'est déjà frenchés pendant des heures. Elle est encore plus par-faite qu'au début. Elle est douce quand la fragilité m'envahit, dure quand j'ai besoin d'être brassé. On a le même sens de l'humour. Je n'ai jamais embrassé une fille aussi passionnée. Plus ça va, plus elle m'aime.

Alors pourquoi voudrais-je la revoir ?

Au fond, il est là, l'avenir de l'amour. Dans l'imaginaire. Cruiser dans ma tête, c'est tellement plus facile. Parce que ça marche. Je suis séduisant. J'ai toujours la bonne réplique. Et elle est toujours belle. Jamais le petit regard «je suis pas sûre de comprendre», jamais de bâillement, jamais de petit quelque chose sur le bord de la narine qui attire tellement l'attention qu'on ne séduit plus rien.

Je suis au feu rouge, et elle n'est pas là. Ce qui ne l'empêche pas d'être là, tout le temps, tellement parfaite, tellement plus simple que Clara.

J'ai trouvé mon âme sœur.

Dommage qu'elle ne sache pas que j'existe.

7. Pédalo part two

J'avais hâte d'arriver au chalet. Cette évasion avec Clara s'annonçait bien. J'avais décidé de vider ma tête de la licorne, pour vrai. Loin du potager et du coin Saint-Zotique–d'Iberville, près de ma blonde, ma vraie, en chair, en os et en airs bêtes, j'étais prêt à revivre un peu cette relation qui dure depuis neuf ans – j'aurais parié que c'était huit. Prêt à replonger dans l'amour style «vraie vie», avec l'amour de ma vie – je le lui ai dit plein de fois.

J'étais prêt à entrer dans ce chalet, à laisser la licorne à la porte, à plonger sur le lit, à faire l'amour à Clara, parce que c'est ça, louer un chalet.

«Oh, regarde ! Y'a un pédalo ! On y va ! On y va !»

On est à peine arrivés, on n'a même pas vidé l'auto, et on est déjà en train de détacher le pédalo du quai. Horreur jaune, flouche flouche maudit, moi je voulais bang bang dans la chambre, nous évader dans nos corps, nous retrouver dans nos bouches. Mais non. Pédalo *time*, Clara a décidé. Quand j'ai rencontré Clara il y a huit-neuf ans, j'ai voulu que ce soit elle, la bonne. J'ai décidé que c'était la bonne.

Je quittais tranquillement une période de pénible souffrance post-rupture d'avec la blonde précédente (qui n'était pas la bonne, ça je le savais). Puis j'ai vu Clara. On s'est cruisés, on s'est plu, l'amour très rapidement. C'était la bonne. Elle n'avait rien de plus que les autres d'avant, mais il fallait que ce soit la bonne. Je n'étais plus capable d'avoir mal à répétition, alors je me suis dit que c'était elle. Pas parce qu'elle était si extraordinaire, mais bien parce que tant que j'étais en couple, je ne souffrirais plus des questionnements cruels de fin de relation. J'ai décidé que je passerais le reste de ma vie avec Clara. Que je me forcerais pour que ça dure, cette fois-là, parce qu'avoir mal comme j'avais eu mal la fois précédente, plus jamais.

J'ai tout fait pour me convaincre, d'argument niaiseux en argument niaiseux. On est faits l'un pour l'autre : dans un resto, elle aime faire face au mur, et moi, j'aime faire face au monde. Et on n'aime pas les olives.

Je me suis cru. La femme de ma vie, pour toujours. La bonne.

Et là, sur ce pédalo qui n'est pas une chambre à coucher, avec la licorne que j'ai laissée à la porte mais qui m'y attend, avec Clara qui ne veut pas la même évasion que moi, je ne sais plus. Les toujours, ça dure vraiment toujours ?

Et les pédalos, c'est toujours aussi plate et lent ?

On n'avance pas, mais il fait beau.

C'est toujours ça de pris.

8. Clara l'envahisseur

Je suis dans le potager en train de faire l'amour avec l'image que j'ai de la licorne, quand Clara piétine mes plants de vide.

«Il est où ton maillot?»

Demain, on part au chalet.

«Je sais pas. Est-ce que j'en ai vraiment besoin? L'eau du lac doit être froide, non?

— Peut-être, mais si elle est bonne, tu seras pas content de pas l'avoir apporté.

— T'as raison. Il doit être dans le tiroir du bas. Celui qu'on est pas capables d'ouvrir.

— Viens donc m'aider à faire les valises, là, à la place de... de...»

Elle regarde la terre, découragée. Elle retourne dans la maison, sans terminer sa phrase. Elle a raison.

Il y a dans la maison une réalité que j'oublie depuis un mois, depuis la seconde de la licorne, obnubilé par elle, séduit et séducteur dans ma tête, cruiseur intellectuel, parfait avec cette parfaite dans un monde qui n'existe pas. Tellement pas.

Clara a raison. Je devrais faire mes valises moi-même. M'enthousiasmer. Oublier la licorne et me rappeler Clara. Me forcer à avoir hâte d'être au chalet.

Allez. J'ai hâte j'ai hâte j'ai hâte.

9. Pédalo part three

«Coudon', me trompes-tu?

— Euh...

— Me trompes-tu?

— Non... Ben, oui. Genre.

Il y a cette fille, ma chère Clara, il y a cette fille que je n'ai même pas vue pour vrai. Une seconde, même pas. J'ai à peine aperçu son visage, j'ai surtout vu ses fesses dans des petits shorts courts, rouges, tu sais ces shorts que tu détestes quand tu vois une fille en porter. «Elle devrait avoir honte», que tu dis. Elle était magnifique. En fait, je n'ai aucune idée de ce dont elle a vraiment l'air. Mais j'ai voulu qu'elle soit magnifique.

Et à cette époque-là, toi et moi, on s'éloignait parce qu'on était trop proches. Tu étais tout le temps collée sur moi, à me poser des questions auxquelles je n'avais jamais la réponse, à vouloir mon attention constante, et ça me dérangeait. Alors j'étais bête avec toi, pardonne-moi, j'étais bête et ça nous grugeait la beauté du couple. On n'était plus bien, ensemble, à ce moment-là. Ce n'était pas la première fois que ça arrivait, on s'en est toujours sortis. Chaque fois que c'est arrivé, on s'est évadés chacun de notre bord, et on s'est retrouvés plus tard. Sauf que cette fois-ci, c'est avec elle que je me suis évadé. On a tout fait, et c'était parfait. Tellement plus parfait qu'avec toi. C'est normal, c'était faux. Mais je le sentais tellement vrai, tellement fort, et ça me faisait du bien. Oui, Clara, je t'ai trompée. Avec la licorne aux *short shorts* rouges, je t'ai trompée plein de fois. Et maintenant, j'ai envie de l'oublier, elle, et de te retrouver, toi, mais je ne sais pas si toi, c'est vraiment ça que tu veux.

J'aurais peut-être dû lui dire tout ça. Je n'ai pas osé. Je ne sais pas pourquoi, mais je lui ai menti, peut-être parce qu'au fond de moi, je savais ce qu'elle voulait entendre.

«Oui, il y a une autre fille.»

Elle a pleuré, un peu, puis crié, un peu, puis soupiré, beaucoup.

«C'est fini», a-t-elle dit.

Je suis au milieu du lac, avec ma blonde qui vient de me laisser, dans un pédalo qui n'avance pas, même si on pédale le plus fort qu'on peut.

Flouche flouche.

J'ai hâte de te retrouver, licorne.

J'AIME
(TA CHATTE)

We need great copulations.

Leonard Cohen

Il s'était réveillé le premier et, en la voyant dans son lit, les jambes repliées sur son ventre, vêtue du t-shirt des Ramones qu'il lui avait prêté pour dormir, il s'était demandé si Myriam n'allait pas changer la donne. Non mais. Vous vous rendez compte? Une fille, chez lui, le matin.

Il était d'autant plus enthousiaste que leur histoire débutait comme une comédie romantique à l'américaine. Deux célibataires apathiques au club vidéo un vendredi soir: elle à tenter de faire le meilleur choix devant l'étalage de bonbons, lui à s'obstiner avec un commis parce qu'il souhaitait s'abonner mais n'avait pas de preuve de résidence. Il avait emménagé trois jours plus tôt et ce n'était pas dans ses habitudes de se promener avec son bail à la main. Myriam s'était jetée dans la mêlée en disant à l'employé zélé que Mathieu n'avait pas une tête de terroriste et que, comme elle, tout ce qu'il voulait, c'était probablement s'évacher devant un film, bouffer du sucre et puis se masturber en vitesse avant d'aller dormir. Ils s'étaient mis à rire, tous les deux, et même le commis avait craqué devant tout ce bonheur et avait fini par se décrisper.

En voyant qu'ils avaient tous les deux *(500) Days of Summer* à la main, Myriam avait dit, avec un sourire candide : « Je paie les nounours en gélatine, tu paies le film ? » Pour la drague, elle était plutôt douée. Tout le contraire de Mathieu, convaincu que les filles qui l'intéressaient étaient soit en couple, soit si promptes à l'idéaliser qu'elles seraient inévitablement déçues après quelques semaines passées en sa compagnie.

La dernière blonde qu'il avait eue, c'était au xx⁰ siècle. Elle et celles qui l'avaient précédée, à force de le lui répéter, avaient réussi à le convaincre qu'il était ennuyant, zéro romantique et jamais à la hauteur. En réalisant qu'elles préféraient être seules plutôt qu'avec lui, il était devenu beaucoup moins entreprenant et laissait aux autres le soin de se disputer l'attention des jolies filles. Il s'était retiré de la course. Les ruptures lui avaient fait mal, l'avaient fatigué et il n'avait plus envie de s'y risquer. Mathieu, trente-quatre ans, jeune retraité de la vie amoureuse. Devenu aussi romantique qu'une quincaillerie, il aimait créer le malaise chaque fois qu'il en avait l'occasion en disant que la femme de sa vie était décédée d'une mort violente avant qu'ils aient pu se rencontrer. Hahaha.

Lui et Myriam avaient tenté sans succès de monter l'escalier dans un enchevêtrement désordonné de mains et de langues. Ils avaient dû se séparer un instant pour éviter de se casser la gueule, mais avaient mis cette pause à profit pour déboutonner quelques vêtements. Ils étaient déjà à moitié déshabillés en entrant dans l'appartement, bouche contre bouche, peau contre peau.

Sexe, vin, conversation, fous rires, sexe, position sexuelle inconfortable, fous rires, vin, conversation : inutile de préciser que le film était resté dans sa pochette. Épuisés, ils avaient fini par s'allonger, côte à côte sous les couvertures en bataille, pour s'évanouir de fatigue plus que pour s'endormir.

* * *

Je bâille et je m'étire. Couchée sur le côté, Myriam me fait dos. Yeux fermés, respiration régulière, elle dort encore. Elle a l'air bien. Je tire le drap, doucement, en prenant soin de pas la réveiller. Je constate avec bonheur qu'elle n'a pas remis sa culotte. Ses fesses me semblent accueillantes. Je me déplace pour mieux l'embrasser, sur la hanche, dans le bas du dos. La chaleur et la douceur de sa peau me procurent déjà une solide érection. Je poursuis le chemin en glissant ma langue sur ses fesses, m'attarde un peu autour de son cul et prends un moment pour admirer sa chatte. Je me colle à ses cuisses pour m'en approcher, l'embrasse et la lèche. J'y glisse ma langue, l'y enfonce, ses lèvres s'entrouvrent et j'atteins la chaleur mouillée de sa fente. J'en salive de bonheur. Myriam gémit et bat des paupières. Je suspends mon geste, je reste là, sans bouger, jusqu'à ce que sa main, cherchant ma tête, se pose sur ma nuque et m'invite à replonger entre ses fesses. Elle trouve mes boxers à tâtons, y glisse sa main chaude et s'agrippe à ma queue. Je lui caresse les fesses et tente de glisser ma langue jusqu'à son mont de Vénus. La position est peu commode et, pour m'aider, elle s'installe à quatre pattes au-dessus de moi, ma tête entre ses cuisses, sa chatte offerte à mes coups de langue. L'ouverture de son petit cul et sa fente forment un « i » délicieux que j'ai envie de peindre à grands coups de langue. C'est pas tous les jours qu'on m'offre ces plaisirs avec autant d'abandon, alors faudrait pas s'offenser si j'en profite. Je pose un oreiller sous ma tête pour me rapprocher encore. Les mains appuyées sur ses fesses, j'embrasse ses cuisses en y laissant glisser ma langue. Je m'attarde sur son pubis et sa mince lisière de poils. Elle gémit de plaisir alors que mon nez frôle à peine son clitoris. J'y pose mes lèvres, me contente d'y mettre une légère pression, et elle amorce un mouvement circulaire avec son bassin pour accentuer les sensations.

Je glisse mon pouce sur sa fente, la caresse pour bien la mouiller. Elle se trémousse, elle en peut plus et m'implore de lui enfoncer un doigt bien creux, là, tout de suite. Je m'exécute, à deux doigts sur son point G ou, à tout le moins, quelque part dans ce coin-là, dans un vigoureux va-et-vient qui lui fait pousser des gémissements qui m'encouragent à poursuivre. Je recueille de la cyprine avec mes doigts, que j'étends autour du petit trou de son cul. Je mouille et lèche tout ce qu'elle m'offre, ses poils dégagent un curieux parfum d'épinette qui m'enivre et m'étourdit. Il faudrait s'y mettre à plusieurs si on voulait me dégager de là. Je me défendrais jusqu'à mon dernier souffle.

Myriam glisse sa bouche sur ma queue et la couvre de baisers mouillés. Elle fait un « o » avec ses lèvres pour les poser sur mon gland et fait tourner sa langue tout autour. Elle mordille par ici, embrasse par là, déploie toutes ses techniques pour tenter de me rendre fou. Elle a tout pour réussir. Elle glisse enfin ma queue bien creux dans sa bouche et je gémis de plaisir, les yeux écarquillés, la bouche en cœur, concentré sur ma respiration pour retarder mon orgasme. Il me faut penser à autre chose un petit moment, des choses tristes : les funérailles de ma tante, le relevé de mon compte en banque, Denise Bombardier, et puis ça va. La vague est passée.

Je glisse ma langue sur son cul et elle se cambre pour la sentir pénétrer plus profondément. J'y pose un doigt et lui laisse tout le loisir de se l'enfoncer jusqu'où bon lui semble, et c'est de cette façon, mes doigts fourrés partout, ma langue appuyée sur son clitoris, qu'elle jouit sans retenue, dans de longs spasmes, concentrée sur chaque particule de sa peau, les orteils crispés et le souffle court.

Un moment vous êtes au club vidéo à chercher des films pour traverser le weekend dans une brume légère, et hop, quelques heures plus tard il y a une jolie fille, la tête appuyée sur votre cuisse, qui reprend son souffle après un orgasme. De quoi apaiser le cynisme pour un temps.

Elle se retourne, pose ses genoux de chaque côté de mon corps, empoigne ma queue et se l'enfile d'un coup en me regardant droit dans les yeux. Elle y va d'un léger balancement de l'avant vers l'arrière et se débarrasse de l'encombrant t-shirt. Je m'accroche à la courbe de ses reins pour mieux suivre le rythme de la petite musique qui joue dans sa tête. Je me relève juste assez pour lui embrasser les seins et lui fais durcir les mamelons en les léchant avec entrain. Je me concentre sur la moindre sensation : son pubis solidement pressé sur la base de mon pénis, ses aréoles qu'elle me glisse dans la bouche, l'odeur excitante de son cou, ses longs gémissements. Je me laisse faire, c'est doux, c'est bon, on pourrait presque voir les phéromones danser dans le soleil qui s'immisce à travers les rideaux.

Elle accélère le mouvement en observant ma réaction et se concentre maintenant sur mon plaisir. Ses seins qui se balancent au-dessus de moi m'hypnotisent. Je pose ma bouche sur la sienne, je l'embrasse et je remarque que son souffle se modifie. Elle semble partie pour jouir une deuxième fois. Elle se colle à moi, les mains sur mes omoplates, et j'enfonce un doigt dans son cul, ça semble être le truc qu'elle attendait. Elle y va d'un deuxième orgasme, bruyant, elle crie de plaisir à mon oreille. Il y a des limites à ce je peux recevoir comme stimulation avant d'exploser alors je me laisse aller aussi. Je lui mordille les lèvres et je jouis. Le souffle coupé, j'éjacule dans de longs spasmes, des giclées lentes et régulières, alors qu'elle observe le spectacle, penchée sur moi avec ses yeux rieurs. Elle me dit « bon matin » et s'étend sur moi en soupirant de bonheur.

J'ignore quel débalancement chimique se produit dans mon corps après l'orgasme, mais j'ai toujours cette envie de murmurer des mots doux en entourant la fille de mes bras, sa tête collée sur mon cœur. Mais je sais contenir mes pulsions, je laisse pas ces relents de romantisme suranné me brouiller les esprits. Elle se lève pour aller à la salle de bain et je fais rien pour la retenir, j'en profite plutôt pour admirer ses épaules et la courbe de son dos, et puis je m'essuie la bite et les couilles avec une poignée de Kleenex.

* * *

Myriam sous la pluie. J'imagine cette fille qui se savonne sous le jet puissant. C'est insoutenable. Je vais pas rester là, dans le lit, à rien faire, et rater le spectacle. Je retrouve l'usage de mes jambes, mortes pendant l'orgasme, et me rends à la salle de bain. Je m'appuie dans l'encadrement de la porte et je souris, sans rien trouver à dire devant la pureté du moment. Myriam sursaute en m'apercevant, puis elle ouvre le rideau transparent pour me permettre d'encore mieux l'admirer.

Les cheveux mouillés, elle ferme les yeux et laisse le jet de la douche lui couler sur le visage. Elle remplit sa bouche puis fait couler l'eau sur ses seins en se les caressant. Je me mords la lèvre du bas en clignant des yeux. J'en verserais presque une larme tellement c'est beau. Attentif, j'enregistre tous les détails. Je sais que cette image de Myriam sous la douche me suivra longtemps. Elle se savonne, de grandes plaques de mousse glissent lentement de son cou jusqu'à son ventre, de ses omoplates jusqu'au creux de ses fesses. Je résiste un moment à l'envie de glisser mon corps sur le sien, pour la beauté du geste. Mais je vais pas gagner en sagesse à me fixer des défis irréalisables, alors je la rejoins et l'enlace. Je regarde l'eau s'accumuler entre ma poitrine et ses seins. Je l'embrasse longuement pendant qu'elle caresse ma queue d'une main glissante et savonneuse. Je me colle dans son dos, lèche ses épaules de quelques coups de langue, remonte jusqu'à sa nuque, derrière l'oreille, mordille son cou, ma queue pressée entre ses fesses. Je la prends par la taille pour me coller encore plus près. Je glisse une main sur ses seins, sur son ventre, descends lentement jusqu'à sa chatte. Myriam ronronne de plaisir. Je glisse mes doigts entre ses jambes, entrouvre ses lèvres mouillées, pose ma main et, appuyé sur son clitoris, je presse doucement. J'y vais d'un léger mouvement circulaire. Elle se colle à moi et, en bougeant ses hanches, fait glisser ma queue en érection entre ses fesses. Ma main libre caresse ses seins. Elle s'accroche à moi pour me sentir plus près encore et nos respirations s'accélèrent dans un mouvement commun. Elle presse ma queue sur son cul avec plus d'insistance alors qu'elle jouit : un orgasme silencieux mais puissant qui lui fait contracter les fesses. Je ressens chacun de ses spasmes et je jouis aussi, un instant après elle. Une mince coulée de sperme lui coule sur les fesses et disparaît avec l'eau et la mousse. Elle se retourne et je l'étreins, je pose ma tête sur son épaule et elle fait la même chose. Nous laissons l'eau chaude couler sur nos corps, tous deux les yeux fermés, à penser à rien, tout à fait dans l'instant présent, dans ce petit bonheur intime et tranquille qui arrive pas souvent, quand on y pense.

Elle soupire, un grand sourire aux lèvres, puis laisse couler l'eau dans sa bouche. Elle me la crache au visage puis éclate de rire. Je la chatouille, essaie de l'arroser à mon tour. Elle se débat, essaie de me mordre et me dit d'un air faussement sérieux : «Touche-moi pas, gros cochon!» Elle sort de la douche en riant et s'enroule dans une serviette. Je me savonne en vitesse, me rince et prends la serviette qu'elle me tend.

Il me faut un café, un immense café, si je veux pas que mes jambes tremblent toute la journée. J'ai besoin de reprendre des forces. Je regarde Myriam se sécher. Elle frotte méthodiquement son joli corps avec la serviette puis, comme si elle lisait dans mes pensées, me demande si j'ai du café. «Il me faut un café! Tu t'en occupes pendant que je vais chercher des croissants? Je connais une petite boulangerie pas loin!»

Avec cette faim qui me fait gargouiller le ventre, je trouve sa proposition merveilleuse.

* * *

Ça faisait maintenant plus de deux heures que Myriam était partie acheter des croissants. Mathieu avait faim. Le frigo était vide. Il avait posé la cafetière sur le feu et avait ramassé quelques sacs pour aller faire l'épicerie. Puis il s'était appuyé sur le comptoir, les bras croisés. Il avait siffloté une chanson des Smiths en attendant que le café soit prêt. Après tout, les amours qui n'ont pas lieu ne se terminent jamais mal.

AMOUR & LIBERTINAGE

PAR LES TRENTENAIRES D'AUJOURD'HUI

SOUS LA DIRECTION DE

CLAUDIA LAROCHELLE

Claudia Larochelle est journaliste depuis dix ans. Elle écrit dans la section culturelle de *Rue Frontenac* et collabore à différentes publications, à la télévision et à la radio, notamment à Radio-Canada. L'écriture de fiction et la lecture font partie de sa vie peuplée de rêves, de chats et de plaisirs gourmands.

© Benichou

© Charles-Olivier Michaud

ELSA PÉPIN

Elsa Pépin est recherchiste aux émissions *Vous m'en lirez tant* et *La Librairie francophone* à la Première Chaîne de Radio-Canada. Critique littéraire et auteure, elle a signé de nombreux articles dans plusieurs publications. Elle a récemment publié des nouvelles dans les revues *Moebius* et *Zinc*, et travaille actuellement à un projet de roman.

AVEC

SOPHIE CADIEUX

Sophie Cadieux a joué dans de multiples créations théâtrales, de même qu'au petit et au grand écran. Elle adore lire, le fromage cottage 8% et prendre des notes. Elle se sent vulnérable dans son rapport à l'écriture mais elle se *pitche*. Ce qu'elle fait un peu dans tout. Elle cultive donc les ecchymoses.

© Julie Perreault

MAXIME CATELLIER

© Johann Schlager

Originaire du Bas du Fleuve, Maxime Catellier vit à Montréal. Il a publié plusieurs recueils de poésie, un roman, *Le Corps de La Deneuve* (Coups de tête), et un pamphlet en vers, *La Mort du Canada* (Poètes de Brousse). Musicien à ses heures, il prépare un album de chansons qui verra le jour quelque part en 2011.

GUILLAUME CORBEIL

Guillaume Corbeil a publié un recueil de nouvelles, *L'art de la fugue* (L'Instant Même), pour lequel il a été en lice pour le prix du Gouverneur général et a reçu le prix Adrienne-Choquette. Il a aussi publié un roman, *Pleurer comme dans les films* (Leméac), et signé une biographie du metteur en scène André Brassard.

© Audrey Wells

© Patrick Lemay

INDIA DESJARDINS

India Desjardins a publié son premier roman en 2005, *Les Aventures d'India Jones*. Avec *Le journal d'Aurélie Laflamme*, paru en 2006, elle connaît un retentissant succès auprès des adolescents. Le premier tome des aventures de son attachante héroïne a fait l'objet d'une adaptation cinématographique en 2010. *Monogame en série* est sa deuxième nouvelle.

JEAN-SIMON DESROCHERS

Jean-Simon DesRochers a publié deux livres de poésie (*L'Obéissance impure*, 2001 et *Parle seul*, 2003) aux Herbes rouges, ainsi que deux romans (*La Canicule des pauvres*, 2009 et *Le sablier des solitudes*, 2011). Depuis janvier 2010, il prépare un doctorat en théorie de la création à l'UQAM.

© Patrick Lemay

STÉPHANE DOMPIERRE

Stéphane Dompierre écrit des romans, des nouvelles, des scénarios, des chroniques et des articles, ce qui lui laisse peu de temps pour l'amour ou le libertinage.

ÉMILIE DUBREUIL

Émilie Dubreuil détient une maîtrise en littérature tchèque absolument inutile. Elle a remporté le prix Lisette Gervais et a obtenu un stage à Radio-Canada, où elle sévit depuis. Elle collabore au magazine *Urbania* et signe une chronique hebdomadaire sur le site de MSN actualités. Sa vie amoureuse est un chantier de construction contrôlé par la mafia italienne. Elle rêve de Rambo.

ALAIN FARAH

© Martin Cassell

Alain Farah est écrivain. Il est l'auteur de *Matamore n° 29* (Le Quartanier, 2008, repris chez Leo Scheer, à Paris, en 2010) et d'un livre de poèmes, *Quelque chose se détache du port* (Le Quartanier, 2004). Professeur à l'Université McGill, il enseigne la littérature française contemporaine. Il écrit actuellement un livre portant sur la C.I.A.

RAFAËLE GERMAIN

Rafaële Germain a publié deux romans, *Soutien-gorge rose et veston noir* et *Gin tonic et concombre*, qui se sont écoulés à plus de 175 000 exemplaires. Elle est aujourd'hui collaboratrice à l'émission *Je l'ai vu à la radio* et scriptrice à *3600 secondes d'extase*.

TRISTAN MALAVOY-RACINE

© Stéphane Najman

Rédacteur en chef à l'hebdomadaire *Voir*, chroniqueur littéraire à l'émission du même nom (Télé-Québec), Tristan Malavoy-Racine est l'auteur de trois recueils de poésie, de plusieurs nouvelles et récits parus en revues et de *Carnets d'apesanteur*, un disque mêlant folk et *spoken word*. Il a aussi collaboré avec différents artistes de la chanson, dont Catherine Durand et Stéphanie Lapointe.

VÉRONIQUE MARCOTTE

© Martine Doyon

Véronique Marcotte mène la double vie d'écrivain et de metteur en scène depuis 1999. Son dernier roman, *Tout m'accuse* (Québec-Amérique) a été mis en nomination au Prix des Libraires du Québec en 2009, en plus d'avoir été sélectionné par la revue *L'Actualité* parmi les « 35 nouvelles voix qui secouent le roman québécois ». Véronique a été la première écrivaine à occuper la résidence *Passa Porta* à Bruxelles, en 2005.

MATTHIEU SIMARD

Matthieu Simard adore écrire des romans, mais déteste écrire sa propre biographie. Dans une bio, il se contente d'habitude d'énumérer ses romans, publiés aux éditions Stanké (*Échecs amoureux et autres niaiseries, Ça sent la coupe, Douce moitié* et *Llouis qui tombe tout seul*) et se sent mal de parler de leur succès. Ses thèmes de prédilection sont les relations amoureuses et la solitude. En général, il arrête là, ne sachant pas quoi ajouter.

© Yasmina Daya

© Mathieu Rivard

TASSIA TRIFIATIS

Tassia Trifiatis a publié deux romans. Elle est à la fois québécoise et grecque. Ses sujets de prédilection sont habituellement des sujets d'un autre temps : la loyauté, les églises, la mort par amour et d'autres affaires tragiques pas à la mode. Voilà pourquoi ses amies l'appellent affectueusement *Greek Mama* (ou tout simplement môman). Depuis qu'elle est née, qu'elle est une vieille dame.

R.C.L.

JUIN 2011

G